Hendrik Groen

Opgewekt naar de eindstreep

Het laatste geheime dagboek van Hendrik Groen, 90 jaar

ROMAN

MEULENHOFF

ISBN 978-90-290-9413-9
ISBN 978-94-023-1598-1 (e-book)
ISBN 978-94-528-6345-0 (audio)
NUR 301

Omslagontwerp: DPS Design & Prepress Studio
Omslagbeeld: © Ingrid Bockting
Zetwerk: Text & Image, Assen

Dinsdag 19 november 2019

Ik weet eigenlijk niet zo goed hoe ik weer moet beginnen. Met schrijven. Dus ben ik maar begonnen met dat op te schrijven.

Het is een terugkerend probleem aan het worden: dat ik niet meer weet wat ik aan het doen was, of wat ik zou gaan doen, of hoe iets ook alweer moet. Zo stond ik vorige week in de supermarkt voor een schap met potjes babyvoeding en ik kon niet bedenken welke smaak ik moest kiezen. Ik las de opschriften: sperziebonen, gemengde groenten, fruithapje rood fruit...

Een juffrouw van de kruidenier kwam naar me toe en vroeg of ze me kon helpen. 'U staat er namelijk al een tijdje.'

Ik wist niet meer precies waarom ik daar stond. Ik moest boodschappen doen, dat was duidelijk, want ik was in een supermarkt. Maar wat moest ik ook alweer hebben?

'Hebt u geen briefje?' vroeg de winkeljuffrouw.

'O ja, dat is waar ook, mijn vrouw heeft me een briefje meegegeven.'

'Zullen we daar dan samen eens naar kijken?'

'Nee hoor, ik maak maar een grapje. Mijn vrouw is al ruim een jaar dood, die geeft geen briefjes meer mee.'

Het meisje lachte niet. Het was ook een vreemd grapje, al zeg ik het zelf.

Ik moest even zoeken, maar toen vond ik in mijn jaszak het

boodschappenlijstje. Ik herkende mijn eigen hanenpoten. Ik zei nog tegen het meisje dat ze het vast niet kon lezen, maar ze wilde toch even kijken.

'Babyvoeding staat er niet op,' constateerde ze toen ze het lijstje had bestudeerd.

'Nee, het is een eeuwigheid geleden dat ik babyvoeding moest kopen,' zei ik. 'Toen had je ook al die potjes nog niet. Dat maakte mijn vrouw zelf.'

'Er staan koekjes op uw briefje.'

Het meisje liep voor me uit naar de koekjes.

O ja, ik moest koekjes hebben, gelukkig wist ik het weer. En yoghurt. En tandpasta.

Alles werd weer een beetje helder.

Vergeetachtigheid is geen pretje, dat kan ik iedereen verzekeren. En het went niet. Ja, bij andere mensen is het soms grappig en kun je erom lachen. Zo was Grietje een keer vergeten dat ze achter in de kerststal een banaan had neergelegd. Zaten er allemaal fruitvliegjes op het kindeke Jezus. Daar hebben we samen veel lol om gehad. Al was het daarna nog wel een hele toer om het stalletje weer schoon te krijgen en zat de stofzuigerzak vervolgens ook nog verstopt van al het stro. Wel hebben we in die zak toen het hoofd van een herder teruggevonden. Dat hoofd was misschien ooit afgebroken en er daarna weer op gelijmd, maar blijkbaar niet zo stevig.

Ik vraag me wel af waarom Grietje die banaan nou precies dáár had neergelegd voor ze hem vergat. Misschien dacht ze dat Jezus erg van bananen hield. Of Maria.

Maar nu even terug naar het begin, want ik weet het weer.

Ik heb besloten weer te gaan schrijven, juist omdat ik zo veel vergeet. Dan kan ik mijn dagboek gebruiken als geheugensteuntje en om wat structuur te geven aan het leven van alledag.

Nu ik over dat laatste nadenk is dat eigenlijk een beetje onzin. Hoeveel structuur heb ik tegenwoordig nog nodig? Ik word elke dag wakker, ga ontbijten, koffiedrinken, lunchen, theedrinken, avondeten, koffiedrinken en daarna val ik 's avonds voor de televisie in slaap.

Dat klinkt toch niet al te ingewikkeld?

Maar toch ben ik zelfs van dit overzichtelijke programma soms het programmaboekje in mijn hoofd kwijt. Weet ik niet meer of ik net heb ontbeten of geluncht. Of ik moet gaan slapen of net wakker ben. Nou ja, dat laatste is een grapje.

Het zou er allemaal niet zo veel toe doen als ik Juffrouw Jansen niet had.

Ter verduidelijking: Juffrouw Jansen is de hond die ik van Evert heb gekregen. Die naam zat bij het cadeau inbegrepen. En om het nog iets vreemder te maken: Juffrouw Jansen is een mannetje. Hij moet netjes drie keer per dag uitgelaten worden. Twee keer een ommetje om het huis en een keer wandelen op het strand. Daar kan hij achter de bal aan rennen die ik voor hem weggooi. Voor dat gooien heb ik zo'n speciale ballengooier gekocht. Daarmee haal ik, met wind mee, soms nog wel een meter of twintig.

Vorige week, of nou... in ieder geval een tijdje geleden, zei Leonie tegen me: 'Ga je nou alweer wandelen, Hendrik?'

'Hoe bedoel je, alweer?' vroeg ik nog, maar ik voelde nattigheid.

'Nou,' zegt mijn vriendin, 'je hebt Juffrouw Jansen een half uur geleden ook al uitgelaten.'

'Ja, maar toen heeft-ie niks gedaan en ik moest snel terug want... eh... ik moest zelf nodig naar de wc. En het leek me geen goed idee om op het grasveldje naast hem te gaan zitten drukken.'

'Het zou wel een grappig gezicht geweest zijn,' vond Leonie, 'jij en Juf naast elkaar op jullie hurken.'

'Ik weet eigenlijk niet of een hond hurken heeft,' probeerde ik het gesprek een andere wending te geven.

Dat wist zij ook niet. Met hurken is het lastig te bepalen waar ze zitten. Net als met kladden en lurven.

Maar ik moet bekennen dat het niet waar was wat ik zei. Dat ik zelf naar de wc moest. Ik bedacht maar wat, want ik wist niet meer dat ik zo kort daarvoor ook al met Juf had gewandeld. Ik dacht dat het inmiddels middag was, maar toen ik op mijn horloge keek zag ik dat het pas half elf was.

'Zullen we zo eerst maar eens een bakje koffie gaan drinken,' stelde ik voor, 'dan breng ik nu even Juffrouw Jansen weg.'

De hond mag namelijk niet meer mee naar de conversatiezaal beneden. Hij heeft zich meerdere malen misdragen. Een keer had hij, als puppy, tegen het been van mevrouw Sliedrecht geplast.

'Ik denk, ik denk, hé... wat voel ik nou toch voor warms in mijn schoen lopen,' had Sliedrecht gezegd.

Een andere keer had hij een halve rol koekjes van meneer Sluiter opgegeten. Die had op hoge toon schadevergoeding geëist: twee nieuwe rollen. Eén voor geleden materiële schade en één voor immateriële schade. Toen ik vroeg waar die laatste schade uit bestond, zei Sluiter dat hij PSTT had.

'PTSS bedoelt u?'

'Ja dat zeg ik, dat heb ik heel erg. Vooral met koekies.'

Meneer Sluiter is een beetje gek, dat is waar, maar dat komt niet door posttraumatische stress, maar door een leven lang heel veel drinken.

Het derde vergrijp van Juf was de genadeklap. Er kwam een dame langs van de keuringsdienst van bejaardenhuizen of zoiets, en toen ging hij tegen haar been op staan rijden. Onze eigen directeur, de heer Blekemolen, stond erbij en keek ernaar en wist even niet wat hij moest doen. Ik kon Juf snel wegtrekken, maar de mevrouw keek naar haar eigen been alsof ze dat er het liefst af wilde hakken.

De volgende dag hing er een groot bord bij de deur van de conversatiezaal: VERBODEN VOOR HONDEN. Het aardige van dit tehuis is juist dat er kleine huisdieren gehouden mogen worden, maar dat is dus, dankzij Juffrouw Jansen, nu enigszins ingeperkt.

Maar waarom had ik het hier ook alweer over mijn hond?

Daar bewijst zich meteen het nut van mijn nieuwe dagboek: daarin kan ik nakijken waarom ik het ergens over heb. Het enige wat ik moet onthouden is dat ik regelmatig opschrijf wat ik niet moet vergeten.

Ik kan niet beloven dat ik elke dag ga schrijven, maar ik ga mijn best doen.

Woensdag 20 november

Volgende week zaterdag is de halfjaarlijkse reünie van Omanido, hier in mijn tehuis.

We zijn nog met zijn zessen: Edward, Graeme, Antoine, Ria, Leonie en ik.

Evert en Eefje zijn er natuurlijk niet meer en Grietje is te verward. De laatste keer dat ze erbij was, dat zal zo'n anderhalf jaar geleden zijn geweest, herkende ze niemand meer. En ze maakte er bij het feestelijke diner nogal een rommeltje van. Toen het met de spaghetti bolognese en een vork niet zo goed wilde lukken, at ze verder met haar handen, maar ook toen kwam het meeste op haar schoot terecht en op haar gerimpelde wangetjes en kin, hooguit in de buurt van haar mond. Ze zat helemaal onder de slierten en de rode gehaktsaus en straalde alsof ze net van de schoonheidsspecialiste vandaan kwam. Dat maakte het wel weer erg ontroerend. We waren vergeten dat de zusters haar in de gesloten afdeling altijd voerden. Ook met de wijn, in haar geval limonade in een plastic wijnglas, ging het niet helemaal volgens de etiquette: ze goot het meeste naast haar mond.

'Nou mam, dat was lekker,' zei ze tegen Leonie.

Vijf minuten later wees Edward op Grietje, met een vinger tegen zijn lippen: ze sliep in haar stoel. Mond een klein stukje open. Ze zag er tevreden uit. Wij werden er stil van.

Ik ga nog eens in de maand naar het tehuis waar ze nu zit. Of eigenlijk ligt. Ze komt nog maar nauwelijks uit bed. Als een baby heeft ze weer een knuffel: een pluchen zeehond, die ze altijd vastheeft en in bed omhelst.

'Ik ben moe.' Het zijn de enige verstaanbare woorden die er nog uit komen. De zuster zei dat Grietje het prettig vindt als je haar wang streelt. Dat doe ik, als ik op bezoek ben, een paar minuten. Daarna ga ik weer naar huis; de visite heeft niet veel om het lijf. De zuster heeft al een paar keer gezegd dat het nu echt niet lang meer zal duren, dus ik neem iedere keer afscheid van haar alsof het de laatste keer is dat ik haar zie.

'Je bent een taai musje, Grietje,' zei ik de vorige keer bij het vertrek.

'Ik ben een meisje, geen musje.'

Ik geloof echt dat ik haar dat hoorde mompelen.

O ja, de reünie.

Leonie en ik hebben beneden het zaaltje gereserveerd dat ze gebruiken voor vergaderingen. We mogen de slingers van het tehuis gebruiken om het een beetje op te vrolijken, want het is nou niet bepaald een feestzaal. Lidy, de activiteitenbegeleidster, komt om te helpen versieren. Nou ja, helpen... wij zeggen wat er moet gebeuren, en zij doet het werk. Een schat, die Lidy. Leonie heeft bij de toko een rijsttafel besteld voor zes personen. Ik heb een mooi wijntje uitgezocht. Omanido danst niet meer op de tafel, maar van lekker eten en drinken wordt nog steeds volop genoten. En we genieten van elkaar.

Ik zie ernaar uit.

Ik vraag me nu opeens af of ik die wijn eigenlijk wel heb besteld. Ik weet het niet meer. Soms kijk ik terug in de tijd en dan zie ik alleen maar mist. Ik moet zo dadelijk even in mijn kasten kijken. Als daar geen wijn staat, dan moet ik naar de slijter. Zes flessen wijn kopen, twee rood en vier wit.

Is het heel raar om de slijter te vragen: 'Ben ik hier pas nog geweest om zes flessen wijn te kopen?'

Nee, dat ga ik niet doen.

Misschien zegt die vriendelijke man zelf wel: 'Zo, bent u daar alweer, u lust ze wel, meneer Groen.' Maar in dat geval zijn er dus zes flessen zoek. Wat moet ik dan doen? Waar moet ik dan zoeken?

Zondag 24 november

Er is nu al voor het zoveelste jaar een hoop gedoe over de kleur van Zwarte Piet. Hier in huis is men overwegend voor zwart, met het ijzersterke argument dat hier te pas en te onpas gebruikt wordt: 'Zo hoort het, want zo is het nou eenmaal altijd geweest.'

Dat weerspreek ik soms met: 'Niets is voor de eeuwigheid.' Kijken ze me aan alsof ik Chinees spreek.

Hoe treurig is het dat 'de mensen' het zelfs over de kleur van een Piet niet eens kunnen worden? Blokkades, rechtszaken, scheldpartijen, geweld. Heel veel haat en nijd omdat mensen elkaar de juiste kleur willen opdringen. Vlak naast het zoveelste grote verhaal in de krant over Zwarte Piet stond een piepklein berichtje: 39.773 vuurwapendoden in één jaar in de VS. Ook de kortstondige ophef over 400.000 sterfgevallen sinds 2000, ook in de VS, als gevolg van verslaving aan zware pijnstillers is alweer geluwd. In de farmaceutische industrie werken echt de allerbeste massamoordenaars. Daarbij vergeleken zijn moslimterroristen kleine scharrelaars.

In een bar in Amerika maakte een dansende FBI-agent een achterwaartse salto, verloor daarbij zijn pistool, dat afging en een bezoeker neerschoot. Hij was niet dood en zit dus niet bij die 39.773 vuurwapendoden. Een ongeluk zit in een onwaarschijnlijk hoekje. Er schijnt een filmpje van te zijn, maar dat wil ik niet zien.

Maar nu snel weer terug naar de knecht van Sinterklaas, sorry, naar de logistiek medewerker van de Sint. Of kan Piet als hij wit is, of roetgeveegd, wel weer knecht zijn?

Evert was jaren geleden een van de eerste roetveegpieten. Niet uit overtuiging maar uit slordigheid. Mijn vriend en ik zouden als verrassing als Piet en Sint de conversatiezaal binnenwandelen tijdens de thee. Om zich goed voor te kunnen bereiden had Evert al om twee uur 's middags een flesje opengetrokken. Uit solidariteit dronk ik een glaasje mee. Toen we ons een uurtje later gingen omkleden waren we enigszins onvast ter hand en ter been. Uiteindelijk zat mijn baard scheef en bij Evert zat er meer schmink op zijn kraag dan op zijn wangen.

'Ik zie nog overal wit,' waarschuwde ik.

'Ik ben de eerste Zwitte Piet,' verklaarde mijn vriend.

Toen dit rommelige duo even later de eetzaal binnenwandelde, werden we met gejuich ontvangen. Er werd spontaan 'Zie ginds komt de stoomboot' ingezet. Alleen meneer Bakker liep vloekend en tierend de zaal uit. 'Aan die flauwekul doe ik niet mee.'

Het duurde niet lang of mevrouw Stelwagen kwam poolshoogte nemen. Ze aarzelde: moest ze ingrijpen of ons onze gang laten gaan? Ze besloot dat het voorlopig het beste was om haar gemaakte glimlachje op te zetten.

Evert doorbrak vrij ruw deze status quo door haar eerst een klapzoen te geven en haar daarna bij Sinterklaas op schoot te duwen. Daar zat ze: schaakmat.

Er werd gelachen en gejoeld.

'U zit helemaal te blozen, mevrouw Stelwagen, u bent toch niet stout geweest?' vroeg ik.

'Nee hoor. Ik eh, ik ga even de eh... uw grote boek halen.' Ze worstelde zich van mijn schoot af en haastte zich weg. We hebben haar die middag niet meer teruggezien.

Niet vergeten: naar de wijnhandel. Vier wit, twee rood.

Maandag 25 november

Ik ben bang. Ik heb het nog niet eerder durven opschrijven, maar ik ben bang. Het kan bijna niet anders: ik ben aan het dementeren.

Dinsdag 26 november

Ik ben speciaal voor de reünie naar de kapper geweest.

'Hoe wilt u het hebben?' vroeg de kapper.

Ik had liever gewild dat hij had gevraagd: 'Wie wilt u hebben?'

Dan zou ik gekozen hebben voor de vrolijke jonge stagiaire om aan mijn hoofd te frutselen en niet voor hem, de zwetende en zuchtende middelbare man die hier in de kapperszaak van Bergen aan Zee de schaar zwaait.

Ik zei dat ik graag *extensions* wilde. Hij keek mij niet-begrijpend aan.

'Dat was een grapje zeker?'

'Ja, dat was een grapje.'

'Hoe wilt u het hebben, meneer?' vroeg hij nogmaals, een beetje ongeduldig.

'Stukje eraf. En de wenkbrauwen graag meenemen.'

Ik keek in de spiegel. Ik zag een schijterige man. Negentig jaar, helemaal niets meer te verliezen, en toch durfde ik de kapper niet te vragen of hij ook die grote haren die uit mijn neus groeiden wilde wegknippen. Sta ik vanmiddag weer zelf voor de spiegel te hannesen met een schaartje dat in spiegelbeeld steeds de verkeerde kant opgaat, ging het door mij heen.

Ik haalde diep adem.

'Wilt u die lelijke neusharen ook doen?'

Het was even stil.

'Doen?'

'Knippen.'

'Nou... als het moet...'

'Graag, dank u wel.'

Even later stond de kapper met een vies gezicht mijn neusharen te knippen. Het was nog geen tien seconden werk.

Ik heb een kleine maar mooie overwinning op mijzelf geboekt. Dit zou ik vroeger nooit gedurfd hebben.

Niet vergeten: hondenbrokken kopen. Ik had vanochtend niks in huis voor Juffrouw Jansen. Heb hem toen maar twee boterhammen met cervelaatworst gegeven. Hij lust geen kaas. Hij had daarvoor wel al, op eigen initiatief, een halve banketletter opgegeten. Ik wist niet dat honden van spijs houden.

Woensdag 27 november

Ik heb twee nieuwe briefjes opgehangen. Een roze op mijn prikbord met daarop: *hondenvoer* en een gele op de spiegel van de badkamer met daarop: *tandenpoetsen*.

Roze briefjes zijn voor dingen die ik moet kopen.

Gele briefjes zijn voor dingen die ik moet doen.

Blauwe briefjes zijn gebruiksaanwijzingen. Bijvoorbeeld hoe de magnetron ook alweer werkt. Ik kon laatst toch niet meer bedenken op welk knopje ik moest drukken om iets op te warmen. En ik wist ook niet meer waar ik de gebruiksaanwijzing had opgeborgen. Gelukkig heb ik geen enorm huis, maar slechts één kleine kamer met een keukentje. Niet eens een aparte slaapkamer. Het is een ouderwets bejaardentehuis waar ik nu woon, dat ongetwijfeld op de nominatie staat om over een paar jaar gesloopt te worden. Het dient vooral als opvang voor oude mensen die door de sloophamer weggejaagd zijn uit andere verzorgingshuizen. Ik zit er prima. Vlak bij het strand. Over het algemeen heel aardig personeel. Mijn medebewoners kunnen ermee door maar zijn te krakkemikkig en te futloos om een nieuwe Omanido mee op te richten. Of misschien heb ik er zelf niet meer de puf voor. Dat zou ook kunnen, als ik heel eerlijk ben. Met Leonie vorm ik nu een club van twee. Of eigenlijk, met mijn hond Juffrouw Jansen erbij, een club van drie.

Kijk, nu is het handig dat ik even terug kan lezen waar ik het net over had: gekleurde briefjes.

De gebruiksaanwijzing van de magnetron had ik snel gevonden, omdat ik in mijn hele huis maar vijf laatjes heb. En gebruiksaanwijzingen horen in een laatje, dat weet iedereen. Toen kon ik opzoeken wat ik vergeten was en nu hangt er een blauw briefje met aanwijzingen naast de magnetron.

Lichtgroene briefjes zijn voor mijn codes en dergelijke: pincode, bankrekeningnummer, wachtwoorden en nog het een en ander. Die briefjes heb ik verstopt in een boek en er hangt één groen briefje op het prikbord met daarop de naam van het betreffende boek.

'Gezellig al die kleurtjes,' zei Leonie laatst, toen ze me kwam halen om samen de hond uit te laten. Toen ik een beetje treurig mijn hoofd schudde voegde ze eraan toe: 'Positief denken, Hendrik, altijd zoeken naar de fleurige kanten.'

Ze heeft gelijk. Het kostte me enige overredingskracht om het mezelf wijs te maken, maar nu vind ik ook dat het er vrolijk uitziet met al die gekleurde briefjes. Ik plak of prik nu met meer plezier nieuwe briefjes op.

Donderdag 28 november

Ik heb eindelijk een afspraak gemaakt met de geriater. Dankzij Leonie.

Ik was voor de zoveelste keer de riem van Juf kwijt en zat op mijn knieën om onder het bed te kijken toen Leonie mijn kamer binnenkwam.

'Ben je ochtendgymnastiek aan het doen, Hendrik?' vroeg ze.

Ik schrok, want ik had haar niet binnen horen komen en stootte mijn hoofd tegen de onderkant van het bed.

'O, sorry, schat. Ik had ook moeten kloppen.'

Ik herinnerde haar eraan dat ik haar een poosje geleden toestemming had gegeven zonder kloppen binnen te komen. Dat was nadat ze een keer minutenlang op de deur had staan kloppen en toen angstig en bezorgd de deur op een kier had gedaan en om de hoek gekeken. Daar zat ik, voor het raam. Ik keek naar buiten en luisterde naar Beethoven, met mijn koptelefoon op. Toen schrok ik trouwens ook enorm toen ze me voorzichtig op mijn schouder tikte.

'Sorry, Hendrik, maar ik heb heel lang geklopt, want ik wist dat je thuis was en toen dacht ik dat je misschien dood op de grond lag en ben naar binnen gegaan.'

'Voortaan binnen zonder kloppen, hoor!' heb ik haar toen opgedragen.

Grappig dat ik me dat later wel herinnerde en zij niet.

Maar ik was dus de hondenriem kwijt en meldde Leonie dat ik die onder het bed aan het zoeken was.

'Ik zou de riem dichter bij de hond zoeken, Hendrik,' lachte mijn vriendin.

Ik keek naar Juffrouw Jansen. Die zat in zijn mand en de riem zat aan zijn halsband vast.

'Zeker vergeten,' mompelde ik.

Leonie keek me doordringend aan. 'Ik ga even streng zijn, Hendrik Groen, want je steekt al veel te lang je kop in het zand: je moet naar de dokter. Vergeetachtigheid is één ding, alzheimer of korsakov een ander.'

Ik keek haar waarschijnlijk schaapachtig aan. 'Zou je denken?'

'De klassieke tegenvraag, Hendrik: wat denk je er zelf van?'

Ik kon toen niet anders dan toegeven dat ik al een tijdje rondloop met de angstige gedachte dat ik aan het dementeren ben.

'En dus...' zei ze.

'Ja, wat dus?' probeerde ik nog.

Volgende week heb ik een afspraak bij de geriater. Leonie stond erop erbij te blijven terwijl ik hem telefonisch maakte.

Vrijdag 29 november

Er is een belangrijke overeenkomst tussen bejaarden in Amsterdam-Noord en in Bergen aan Zee: er wordt net zo veel gezeurd en geklaagd. In Amsterdam hadden we het gescheld en gevloek van de heren Bakker en Pot, het gezemel van mevrouw Van Gelder en het diepe zuchten van het overgebleven zusje Slothouwer, hier hebben we dezelfde types maar met andere namen. We gaan nog van ze horen.

Nou ja, beter iets dan niets, kun je zeggen. In een nog groter deel van de bewoners zit helemaal geen leven. Die zitten niet alleen achter de geraniums maar gedragen zich ook als een geranium. Voornaamste activiteit: kijken naar het weer.

Als ze beneden komen voor koffie of thee zijn ze al doodmoe van het nietsdoen. Tergend langzaam roeren ze in hun kopjes. In slow motion vermalen hun kaken de koekjes. De gelatenheid van dit deel van de bevolking hier is besmettelijk. Als je je er niet met hand en tand tegen verzet ben je verloren. Wat mis ik mijn vriend Evert in deze strijd. Samen zouden we nooit wegzakken in dit moeras van lusteloosheid. We trokken elkaar er aan de haren uit.

Nu moet ik het vooral van Leonie hebben en zij van mij. Ik prijs mijzelf natuurlijk gelukkig dat zij er is, maar ze maakt nou eenmaal niet de botte grappen van Evert en zorgt niet voor ophef en vertier.

Ze is meer van de frisse neus.

'Even een frisse neus halen, Hendrik?' vraagt ze twee, drie

keer per dag. Als Leonie mijn kamer binnenkomt staat Juffrouw Jansen twee tellen later voor me te kwispelen met zijn riem in zijn bek. Als ik die tenminste niet kwijt heb gemaakt. Maar dat heb ik, geloof ik, al verteld.

Vergeet ik bijna mijn zonnestraaltje, bij wie ik altijd weer zin in het leven tank: Frida.

Ze komt elke week drie of vier keer langs. Meestal om me op te halen om met de hond te gaan wandelen. Maar ook minstens één keer in de week om te schaken.

'Vandaag heb ik niet zo veel tijd en kom ik alleen maar even klessebessen,' meldt ze soms.

'Kom binnen, Tante Bet,' antwoord ik dan.

Dan schenkt ze zichzelf een appelsap in, neemt twee koekjes uit de trommel en vertelt uitgebreid over wat ze allemaal heeft meegemaakt op school en thuis.

Daarna vraagt ze wat ik heb meegemaakt.

Omdat dat vaak in één woord samen te vatten is, namelijk 'niets', moet ik mijn toevlucht nemen tot verhalen over vroeger. Gelukkig ben ik die nog niet vergeten.

Frida vindt het enig als ik vertel over kinderen die in de hoek moesten staan of strafregels schrijven.

Altijd springt ze dan na een half uurtje ineens op.

'Shit, opa, ik moet allang naar huis.'

Dan krijg ik een omhelzing en drie zoenen, 'doedoei', en weg is ze.

Daar kan ik zeker twee dagen op teren.

En dan is er nog een heel aardige Marokkaanse zuster. Eigenlijk mag je in de klas geen sjaaltje of pet op hebben, maar bij haar zie ik dat door de vingers.

Ze komt altijd even bij me zitten als ze dienst heeft.

Dan vertelt ze over haar jeugd in een klein dorpje in het Rifgebergte en ik vertel over mijn jongensjaren in Schoonhoven. De overeenkomsten zijn verrassend groot, waarschijnlijk door het verschil in ontwikkeling in de twee landen. Zij vertelt over de jaren tachtig op het platteland van Marokko en ik vertel over het provinciale Nederland van voor de oorlog.

Heerlijk.

Ook Fatima staat vaak opeens op. 'O jee, zo laat al. Ik moet weer aan de slag, meneer Groen. Lekker even gekletst. Doei.'

Van haar krijg ik geen omhelzing en drie zoenen. Helaas. (Grapje)

Ik zou er waarschijnlijk dagen van in de war zijn.

Zaterdag 30 november

Gelukkig had Leonie me gisteren gewaarschuwd: 'Vergeet je morgen de reünie niet, Hendrik?'

'Nee, natuurlijk niet,' antwoordde ik, 'ik ben al met mijn speech bezig.'

'O, leuk, ga je speechen?'

Dat had ik ter plekke verzonnen, dus nu zit ik eraan vast.

Ik heb later nog op mijn briefjes gekeken en ja hoor, het stond er: 30 november reünie. Ik was het glad vergeten. Die briefjes helpen niet als je er niet regelmatig op kijkt.

Moest toen ook nog als een haas naar de slijter om zes flessen wijn te halen. Hij zei niet: 'Bent u daar alweer', dus ik ben vermoedelijk niet eerder langs geweest. Heb ook nergens in mijn kamer zes verdwaalde flessen wijn zien staan.

Ik ben nu al een uur aan het worstelen met een toespraakje voor straks aan tafel. Het wil niet zo vlotten.

Zondag 1 december

Het was heerlijk om de Omanido-leden weer te zien, maar ook een beetje pijnlijk.

Algemene klaagzang bij ieder weerzien: iedereen mist iedereen.

'Zo leuk als in Amsterdam-Noord krijgen we het nooit meer,' verzuchtte Ria en we knikten onze oude hoofden er bijna vanaf.

'È oor al uilijkheid, dat wam iet door Amstam Oord, maa door ullie,' zei Edward, 'ullie vestaan me enminst, ondank mij praakgebrek.'

'Wat zeg je?' vroeg ik.

'At ullie me enminst... ach, krij de pip, Endik...'

Iedereen moest lachen.

'Sorry Edward, maar ik probeer af en toe een evertsiaans grapje te maken,' verduidelijkte ik.

Graeme opperde dat we een kwartier lang mochten klagen over onze nieuwe situatie en daarna weer ouderwets onbekommerd van elkaar moesten gaan genieten. Aldus geschiedde.

De rijsttafel was voortreffelijk, de drank vloeide rijkelijk en er werd veel gelachen. Ik weet niet precies meer hoe ik in mijn kamer gekomen ben en dat lag deze keer niet aan mijn dementie, maar aan de chardonnay.

De leuke zuster kwam vanmorgen naast me zitten aan de koffietafel en fluisterde dat ze in alle vroegte maar even snel het een en ander aan lege flessen naar de glasbak had gebracht om commentaar te voorkomen.

'Wat kunnen jullie toeteren, zeg,' lachte ze.

'Tetteren, Fatima, toeteren doe je bij de fanfare,' lachte ik terug.

Ze gaf me een knipoog. Die stond haar heel charmant.

Dinsdag 3 december

Ik heb gelezen dat mensen met zware dementie niet meer rationeel kunnen nadenken maar uitsluitend emotioneel reageren op hun omgeving. En dat omgevingsmanagement daarom belangrijk is. Dus raden de deskundigen aan: geen verwarring, gestructureerde dagbesteding en bij voorkeur 'beleefplekken' uit de goeie ouwe tijd.

Ik heb me afgevraagd wat er op mijn beleefplekken moet komen te staan, maar ben er nog niet helemaal uit. In ieder geval een schoolbord met krijtjes en een wisser, lijkt mij.

Zou er een zekere voorspelbaarheid zitten in hoe ver een dementerende teruggaat in de tijd, voordat het licht ten slotte helemaal uitgaat? Veertig jaar? Zestig? Tachtig?

Kom ik terecht in mijn eigen jeugd of in die van mijn dochtertje? Als ik in godsnaam maar niet elke keer die vreselijke dag moet herbeleven, maar bijvoorbeeld over de hei mag fietsen met haar voorop in het stoeltje. Het verschil tussen een zielsgelukkige en een totaal ontredderde oude man in de war.

Ik wist toch een paar dingen niet meer van de reünie.

Leonie zei dat ik op de tafel had gedanst.

Ria gebeld: klopt. Ik was op tafel geklommen.

Ze complimenteerde me ook nog met mijn leuke speech. Ze had er veel moed uit geput.

'Nou... heel graag gedaan, Rie,' zei ik, maar ik had geen idee meer wat ik had gezegd. Ik kon ook nergens meer het spiekbriefje voor mijn toespraak vinden.

Woensdag 4 december

Vorig jaar heb ik mijn vrouw begraven. Of eigenlijk gecremeerd, maar dat vind ik niet prettig klinken. Ze had ooit in een helder moment aangegeven dat ze gecremeerd wilde worden. Het was gelukkig een mooie lentedag, anders was het ondraaglijk geweest. De vogels floten een vrolijk afscheidslied en overal stonden planten en struiken in bloei, alsof het was om haar uit te zwaaien. Mijn vrouw had een prachtige bloemennaam, ze heette Rosa, en ze hield van vogels, planten en bloemen.

Er waren nog zes andere mensen, onder wie twee zusters die haar de laatste jaren vaak hadden verzorgd.

Een van hen vertelde mij dat ze tot op de dag van haar dood dagelijks een wandeling door de tuin had gemaakt met een van de zusters.

'Zon, regen, sneeuw of storm, het maakte haar niet uit. Ze wilde altijd naar buiten. En ik denk te weten dat ze dan gelukkig was,' zei de zuster. Ik kende haar nauwelijks, maar ze had me een arm gegeven en samen stonden we een tijdje bij de kist voordat die zacht zoemend een luik in verdween, op weg naar de oven. Dat moet een goede zuster geweest zijn.

Ik vertelde haar dat ik ook altijd met mijn vrouw ging wandelen als ik haar kwam opzoeken. Het 'gesprek' bestond dan voornamelijk uit het wijzen naar vogels en bloemen. Ik geloof dat ze op het eind van haar leven wel gelukkig was, op haar manier. In ieder geval leek ze rustig. Misschien huppelde in haar gedachten ons dochtertje Aafke wel mee naast de rolstoel.

De terugreis naar Bergen aan Zee was eenzaam.

Leonie had aangeboden met me mee te gaan, maar ik vond dat ik het alleen moest doen. Ik kon niet uitleggen waarom.

Donderdag 5 december

Ik zat gisteren een beetje te dommelen in mijn stoel toen er heel hard op de deur werd gebonsd. Ik ben aardig doof aan het worden maar schrok toch. 'Zwarte Piet,' flitste het meteen door me heen. En laat dat nou nog kloppen ook. Toen ik de deur opendeed stond er een hele grote doos in de gang, met een strik eromheen. Eerst dacht ik dat het weer een grap van Evert was, maar die is nu al twee jaar dood. Of is het pas één jaar? Het leek me in ieder geval te lang om nog een teken van leven na de dood te geven.

Ik haalde de doos naar binnen en sloot de deur. Drie seconden later schrok ik me weer een hoedje, zo hard werd er op de deur getimmerd. Ik deed open en keek: niemand. Tot Frida met een luid 'BOE!' van achter de plantenbak met plastic planten tevoorschijn sprong. Dat was de derde hartverzakking in twee minuten. Met mijn hart is dus blijkbaar niks mis, want het klopte gewoon door.

'Daar wordt aan de deur geklopt, hard geklopt, hard geklopt,' zong Frida, en daarna kreeg ik een 'huggie', zoals zij dat noemt. Ik gaf een huggie terug. En ik bedacht dat ik voor haar geen cadeautje had. Helemaal vergeten. En dat terwijl ze mij als stiefopa heeft geadopteerd sinds het lot bepaalde dat ik uitgerekend naar haar woonplaats Bergen aan Zee ging verhuizen.

'Uitpakken, opa.' Ze giechelde van de voorpret.

Ik deed de strik eraf, maakte de doos open en zag... weer een doos. In die doos zat een doos en in die doos... enzovoort. Tien minuten later zat ik op mijn stoel in een zee van proppen papier, met in mijn hand een lucifersdoosje. Frida stikte bijna van het lachen.

In het doosje zat een zelfgemaakt vriendschapsbandje. Ze deed het bij me om. 'Zo, nou denk je iedere dag aan me,' zei ze tevreden.

'Maar moet jij niet ook zo'n bandje dan? Om aan mij te denken?' vroeg ik.

'Nee, dat hoeft niet,' zei ze, 'want ik ben niet zo vergeetachtig als jij, opa.'

Vrijdag 6 december

Het leek de geriater zeer wel mogelijk dat ik 'een of andere vorm van dementie had'. Welke, dat moest hij nader uitzoeken.

'Bespaar u de moeite, dokter,' heb ik geantwoord, 'de vorm maakt me niet zo veel uit. En daarbij, dat vergeet ik toch weer.'

Hij had verder weinig positiefs te melden: de farmaceutische industrie is al jaren naarstig op zoek naar geneesmiddelen tegen dementie. Niet omdat ze zo begaan zijn met de lijdende oude mens, maar omdat er miljarden mee te verdienen zijn. Maar er zijn tot op heden niet meer dan een paar vage resultaten geboekt.

Als ik de woorden van de geriater even kort samenvat: ik ben een hopeloos geval. Mocht er morgen opeens toch een grote doorbraak komen, dan hebben ze nog een paar jaar nodig om een en ander te testen en op de markt te brengen en dan ben ik al dood en vergeten.

Het lijkt me wel een bijzondere ervaring om een pilletje te

krijgen en daarna vanuit de demente vergetelheid een comeback te maken in de wereld. Kijk je achterom, zie je een gat van een paar jaar.

Zaterdag 7 december

Ik las in de krant dat ik onderdeel ben van een tsunami. Een enorme Grijze Golf van dementerenden die met een Deltaplan Dementie moet worden gekeerd. Ik zit op het topje van de golf. Het is vijf voor twaalf, handen uit de mouwen, beurzen open, dijken dicht.

De stichting Alzheimer Nederland gaat voor in de strijd.

Er gloort echter ook hoop. Niet voor mij, maar wel voor Nederland. Rotterdamse onderzoekers hebben geconstateerd dat het aantal nieuwe gevallen van dementie in Rotterdam, relatief gezien, afneemt. De dementie-epidemie is al over haar hoogtepunt heen. Dat komt doordat we de effecten van gezonder leven gaan merken. De dementen van nu, geboren in de jaren dertig en veertig, rookten en dronken erop los en aten te vet en te zout. Dat is sindsdien flink verbeterd.

Maar voor mij is het te laat. Deze bovenmeester rookte vijfendertig jaar lang, staand of zittend voor de klas, een pakje per dag. Niemand vond dat raar. Sommigen zeiden zelfs dat roken goed voor je was. Als Johan Cruijff reclame maakte voor sigaretten, wie was ik dan om te stoppen met roken? Een beetje wrang dat Johan zelf niet nog een of andere onnavolgbare Cruijff-wijsheid over roken te berde kan brengen. Longkanker, als ik mij niet vergis.

Maandag 9 december

Ik dacht gisteren dat mijn vrouw in de kamer stond. Ik was een beetje weggedut boven de krant toen Juf begon te blaffen. Ik schrok wakker en was even de weg kwijt.

Waar ben ik? dacht ik paniekerig. Stond mijn vrouw in de hoek van mijn kamer gebaren naar me te maken van 'Rustig maar, Hendrik'. Ik snapte er niets van. Het duurde een paar minuten voor een heel geduldige Leonie had uitgelegd dat ze Leonie was en dat ze langskwam om even samen een frisse neus te halen.

Later op het strand vroeg ze wie Rosa was.

'Rosa is mijn vrouw. Of was, moet ik zeggen. Waarom vraag je dat?'

'Het geeft niet hoor, maar je zei een paar keer Rosa tegen me, Hendrik.'

Ik schrok een beetje, maar liet niets merken. 'O, deed ik dat? Ik was even in de war zeker.'

'Ach, wat maakt het uit.' Leonie gaf me een stevige arm.

Dinsdag 10 december

Er is een idyllisch idee dat veel oude mensen in harmonie en met mildheid terugkijken op hun leven. Als je de bewoners van ons bejaardenhuis een tijdje rustig observeert moet je constateren dat dat een vertekend beeld is.

Ze zijn er zeker, de ouderen die achteromkijken en oprecht tevreden zijn, maar het is een minderheid.

Er is vooral veel berusting: 'Ik heb niet echt alles eruit gehaald wat erin zat, maar het is nu te laat om er nog iets aan te doen.'

En er zijn oude mensen die zuur als een citroen de kist in gaan. Wellicht hadden ze bij hun geboorte al aanleg voor verzuring en hebben ze die aanleg tijdens hun leven gevoed met ontevredenheid, afgunst en wrok, waardoor al het andere gevoel overwoekerd is geraakt. Hun glas is altijd leeg.

Zoals er ook mensen zijn die gezegend zijn met een geluksgen. Elke dag blij en gelukkig, hoeveel pech en ellende ze ook te verstouwen hebben gekregen. Tevreden met elke glimlach, elk wandelingetje, elk gekookt aardappeltje.

En ikzelf?

Ik kijk tevreden en trots terug op een prachtig leven als hoofd van een lagere school. Dat geluk bedekt een diep verdriet over het verlies van mijn kleine meisje en mijn vrouw.

Ik heb een heel gelukkige oude dag met een paar prachtige mensen om mij heen. Mijn beste vrienden Evert en Eefje draag ik glimlachend in mij mee. Ik ga opgewekt naar de eindstreep.

Woensdag 11 december

Hoe ga ik dement worden? Dat is een vraag die me bezighoudt. Maar tegen de tijd dat ik het antwoord krijg, ben ik de vraag vergeten.

Ik heb bij Grietje op de afdeling grote verschillen gezien. Een meneer liep altijd vrolijk rond in een stofjas. Hij schudde iedereen de hand en stelde zich keer op keer voor. 'Dirk, maar niet van den Broek. Ik ben Dirk van de stofjas.' Ook de honderdste keer moest hij daar zelf smakelijk om lachen. Hij leek mij zeer gelukkig.

Maar er was ook een oude dame die het grootste deel van de dag huilend en handenwringend bij de deur stond. 'Ik moet nú naar mijn moeder. Echt waar. Kunt u even de deur opendoen? Alstublieft.'

Hartverscheurend verdriet in haar ogen.

Het personeel probeerde haar af te leiden. 'Mevrouw Vredeveld, komt u even zitten, dan schenk ik een lekker kopje thee voor u in.' Dan ging ze een paar minuten onrustig aan tafel zitten, maar daarna stond ze weer op en liep zenuwachtig naar haar plekje bij de deur. 'Ik moet nu echt naar mijn moeder.'

Ik kan slecht tegen dat getob over mijn eigen toekomst. Vroeger ging ik lezen, ter afleiding. Een boek of een krant. Maar lezen gaat steeds moeizamer. De woorden zijn te lang en gaan dansen. Nee, dan vroeger: aa p – n oo t – m ie s – w i m – z u s – j e t – t eu n – v uu r – g ij s – l a m – k ee s – b o k – w ei-de – d oe s – h o k – d ui f – s cha-pen. Eens een bovenmeester, altijd een bovenmeester.

Vrijdag 13 december

Shit, mijn begrafenis, schoot het vanmorgen opeens door mij heen.

Sinds wanneer zeg ik 'shit'? vroeg ik me daarna af.

Als ik dement ben kan ik niet meer zeggen wat ik wil bij mijn begrafenis. Of ik heb heel vreemde wensen. Dat iedereen in het roze moet komen en dat ik daarna, terwijl er een oud indianenlied wordt gezongen, in een rieten mandje de rivier af drijf, de zee op. Wensen die de directie van het verpleegtehuis zal negeren omdat 'meneer Groen niet meer wist wat hij wilde'. In plaats daarvan zullen ze 'Waarheen leidt de weg' van Mieke Telkamp draaien in een ijskoud crematorium en me daarna op de lopende band zetten, de oven in.

Nee, Groen, snel actie ondernemen.

Mijn vrouw is gecremeerd en het graf van Aafke is lang geleden geruimd, dus bij mijn twee meisjes kan ik niet begraven worden.

Ik heb geïnformeerd of er op het veldje waar Eefje ligt nog plaats is, maar dat gedeelte van die begraafplaats is vol en nieuwe klanten komen nu op een nieuw kaal stuk van de begraafplaats. Dat lijkt me niks.

Dus wil ik naast of in de buurt van mijn vriend Evert liggen.

'Henkie, ik zou het gezellig vinden als je bij me in de buurt kwam liggen,' grapte hij toen hij samen met mij een plekje voor zijn eigen kist uitzocht.

'Dat is goed, Evert, dan neem ik de schaakstukken mee.'

'Nou, neem vooral een fles jenever mee, want ik zal wel uitgedroogd zijn.'

Dat heb ik toen beloofd.

'Je weet me te liggen, Henk, ik loop niet weg. Ik kijk naar je uit.'

Ik heb vier nieuwe gele briefjes op mijn te-doen-bord geprikt. Met een viltstift heb ik er een paars randje omheen getekend. Geel met paars staat voor de categorie laatste wensen.

Regelen:

1. Graf in de buurt van Evert
2. Adressen en kaarten
3. Muziek
4. Kist

Zondag 15 december

Verdomme, ik reed met mijn rollator zo de bezemkast in. Bezems en stoffers vielen om en ik kreeg ook nog een emmer op mijn kop. Het leek wel een tekenfilm. Ik was helemaal in gedachten verzonken, blijkbaar.

'Wat doet u nou, meneer Groen?' vroeg een zuster die geschrokken op het tumult af kwam gesneld.

'Ik zocht een bezem. Ik heb wat gebroken en wil het even opvegen.'

'Maar u hebt toch een stoffer en blik op uw kamer? Misschien kunt u die beter even gebruiken.'

'Dat is misschien wel een goed idee.'

'Hebt u zich bezeerd?'

'Nee hoor, alles prima in orde.'

Ik lachte haar vriendelijk toe en zij mij. Daar had ik me keurig uit gered.

Woensdag 18 december

Ik ging gisteren op bezoek bij Grietje.

Bij haar afdeling aangekomen vroeg ik de zuster of ze de deur voor me open wilde maken. Ze keek me een beetje verbaasd aan.

'U kwam toch altijd voor mevrouw De Boer?'

'Ja, dat klopt, ik kom voor mevrouw De Boer. Is er iets met haar?'

'Nou eh... mevrouw De Boer is dood. En ook al begraven.'

'Dood? Sinds wanneer?'

'Eh... dat moet... bijna twee weken geleden zijn geweest. Op een dinsdag, als ik me niet vergis.'

'Waarom heeft niemand mij dat verteld? Nu heb ik geen afscheid kunnen nemen. Dat vind ik echt heel erg. Die lieve Grietje. Al begraven.'

De zuster vond het ook heel vervelend. Ze dacht wel dat er rouwkaarten verstuurd waren, maar kon niet nagaan aan wie. Ik zei dat ik echt geen kaart had gekregen, terwijl ik toch een van de weinigen was die haar al die jaren trouw had bezocht.

'Mag ik dan nog een laatste keer in haar kamer kijken, bij wijze van afscheid?' vroeg ik.

De zuster slikte even. Nee, dat kon helaas niet. Er woonde al een nieuwe mevrouw. Alle spulletjes van mevrouw De Boer waren naar de kringloopwinkel gegaan. Dat had haar neef geregeld.

Ik was helemaal in de war en wist niet wat te doen. Uiteindelijk heb ik een kopje thee gekregen en heeft de zuster mij de rouwkaart die op het prikbord hing meegegeven. Daarna ben ik weer naar huis gegaan.

Thuis heb ik in mijn mandje met kranten en post gekeken en de ongeopende rouwkaart gevonden. Wat ben ik toch een domme oude man. Ik ben er helemaal kapot van.

Donderdag 19 december

Ik heb het eerst aan Leonie verteld. Dat Grietje dood en al begraven was omdat ik de rouwkaart niet had gelezen.

'Wat ben ik toch een slordige oude vent geworden. Dat zou me vroeger nooit overkomen zijn. Ik was altijd heel precies. Zo stom van me. Arme Grietje. Niemand van Omanido was bij haar afscheid omdat ik de kaart tussen de kranten liet zitten.'

Leonie was mild als altijd. 'Neem het jezelf niet al te kwalijk, Hendrik. We zijn allemaal vergeetachtig en verstrooid hier. Dat mag als je negentig bent.'

Dat was lief gezegd van haar, maar ik bleef ontroostbaar.

Ik heb alle Omanido-leden gebeld. Lange, intense gesprekken. Alles bij elkaar heb ik bijna de hele middag aan de telefoon gezeten. Bij iedereen was er vooral berusting. Er is niet veel strijdlust meer over bij onze Oud-maar-niet-dood-club.

Daarna was ik doodop en ben ik in mijn stoel in slaap gevallen. Rond acht uur kwam Leonie nog even kijken of alles goed met me ging. Ze maakte me zachtjes wakker.

'Gaat het, Hendrik?'

Nee, het ging helemaal niet.

Leonie heeft me even stevig vastgehouden.

'Het valt allemaal niet mee, schat. Het leven heeft nou nooit eens een happy end.'

Zondag 22 december

Na de treurigheid van de afgelopen dagen is het tijd om er iets positiefs tegenaan te gooien. Bijvoorbeeld: er zijn ook voordelen aan dement worden. Het scheelt een hoop zorgen. Klimaatverandering? Brexit? Trump? Gooi maar in mijn pet. Een pet met een gat erin. Alles verdwijnt.

Ik heb geen kinderen. Niet meer. Ik vertrek alleen. Nou ja, met achterlating van Leonie en nog een paar heel oude vrienden die vast nog maar weinig tijd krijgen om te treuren. En Frida. Zij zal me zich later nog vaag herinneren als die aardige opa die steeds gekker ging doen.

Ik zal snel vervagen, zoals dat gaat. En over een paar jaar herinnert niets meer aan mij.

Alleen over de hond maak ik me zorgen. Die is nog jong. Mocht ik helemaal dement worden, dan heeft Leonie beloofd voor Juffrouw Jansen te zorgen. Maar Leonie heeft ook niet het eeuwige leven, die is ook al achtentachtig.

Er bestaat een tehuis voor honden, maar daar mag Juf niet in. Dat is een verpleegtehuis voor zieke, oude of gehandicapte honden en Juffrouw Jansen is pas vier jaar.

Als ik eraan denk dat Juf in een hok in het asiel komt te zitten, breekt mijn hart. Zou ik het Frida durven vragen?

Vrijdag 27 december

Het personeel van het tehuis had echt zijn best gedaan, maar ik heb wel eens vrolijker kerstdiners meegemaakt.

Bij het uitserveren van het hoofdgerecht werd mevrouw Kaptein onwel. Ze gleed van haar stoel onder tafel en greep onderweg het tafelkleed vast, zodat ze een paar borden en schalen in haar val meesleepte. Toen ze weer bijkwam zaten de doperwtjes in haar kerstpermanentje.

Het duurde minstens een kwartier voor Kaptein was afgevoerd naar haar kamer en de ravage was opgeruimd.

‘Lekker dan,’ klaagde mevrouw Scholten, ‘is het eten helemaal koud geworden.’

‘Maar dat is toch juist helemaal niet lekker?’ zei haar buurvrouw verbaasd.

De kok bood aan de varkenshaasjes weer even op te warmen. De helft vond dat een goed idee. Toen zij uiteindelijk hun vlees weer terugkregen, nog gaarder dan gebruikelijk, lepelden de andere tafelgenoten al hun dame blanche naar binnen. De mensen die gekozen hadden voor een opgewarmd hoofdgerecht kregen even later een half gesmolten ijsje.

'Sorry, maar ik kan niet alles tegelijk, én opwarmen én koel houden,' verontschuldigde de beteuterde kok zich.

Het gemopper nam epidemische vormen aan toen er geen kerstkransje bij de koffie zat. Toen de zwetende kok even later met de koektrommel kwam aanhollen, waren de eerste bewoners al chagrijnig naar hun kamer vertrokken.

Ik heb vervolgens uit pure balorigheid twee overgebleven halve flessen wijn leeggedronken.

'Doe je een beetje rustig aan, Hendrik,' waarschuwde Leonie, maar daar had ik deze keer even helemáál geen zin. Dan maar een houten kop de volgende dag.

Nou, die had ik.

Woensdag 1 januari

Ik heb voor het eerst in tachtig jaar middernacht niet gehaald. Leonie was bij mij op visite. We hadden elk één oliebol. Een schaaltje met twee bollen, dat zag er een beetje treurig uit. Dan beter een hele zak kopen en de rest de volgende ochtend uitdelen bij de koffie, zo bedacht ik, maar daar was het inmiddels te laat voor. We deden een spelletje rummikub. Ik vind daar eigenlijk niks aan, maar Leonie speelt het graag, dus doe ik alsof ik er aardigheid in heb.

Ik had een lekkere fles wijn in huis gehaald en die was verbazend snel op. Ik wilde er nog een opentrekken, maar dat vond Leonie niet zo'n goed idee.

'Wacht nog maar even, Hendrik, ik heb voor straks een lekker flesje champagne in jouw koelkast gezet.'

Ik had het gevoel dat Leonie me een beetje zat te betuttelen.

Daarna ben ik bij de oudejaarsconference van Dolf Jansen in slaap gevallen. Leonie maakte me om een uur of elf wakker omdat ik door Dolf heen snurkte. Langzaam drong het gênante van de situatie tot me door.

'Sorry, Leonie,' heb ik geloof ik gezegd.

'Geeft niet hoor. Het was ook niet heel boeiend,' antwoordde ze.

Ik moest opeens huilen.

Leonie legde een arm om me heen.

'Ga maar lekker naar bed, Hendrik. Drinken we morgenmiddag de champagne wel op.'

Vrijdag 3 januari

Normaal ben ik niet zo'n emotionele man, maar de laatste tijd komen de tranen snel.

Al een leven lang is meneer Groen een toonbeeld van beheersing, zowel in als buiten de school, maar nu is de verstandige bovenmeester soms opeens verdrietig of boos.

Zaterdag 4 januari

Ik had lang geaarzeld of ik het Frida wel kon vragen. Misschien zou ik haar wel in gewetensnood brengen.

Vanmorgen kwam ze op visite om me een gelukkig nieuwjaar

te wensen. Daarna speelden we een potje schaak. Vroeger, dat wil zeggen een jaar geleden, liet ik haar meestal winnen. Nu vermoed ik dat zij mij af en toe laat winnen. Of ze zorgt er tenminste voor dat de potjes niet al te kort duren.

'Nouhou... dat zou ik niet doen, opa, want dan pak ik gewoon je koningin met mijn loper.'

'Oei, helemaal niet gezien. Opa is een beetje verstrooid vandaag.'

'Net als vorige week,' zei ze met een vilein lachje.

'Je zit me toch niet te pesten, hè?' (Van Frida kan ik alles hebben.)

Toen we na het schaken met Juffrouw Jansen een rondje over het strand gingen wandelen, heb ik het gevraagd.

'Zeg Frida, ik ben best wel oud hè. Dus het zou kunnen dat ik niet meer zo lang leef... en dan...'

'Je mag nog niet dood hoor, opa,' onderbrak ze me ernstig.

'Ik ben het ook niet van plan, maar als je negentig bent dan kun je wel eens doodgaan. En daarbij wordt mijn hoofd ook nogal warrig.'

'Dan moet u naar de kapper.' Ze lachte.

'Vanbinnen, warrig vanbinnen. Mijn hersenen worden verstrooid.'

'Dat is niet zo erg, hoor. Ik help je wel als het nodig is.'

Het was even stil.

'Maar áls ik nu toch doodga, zou jij dan eventueel voor Juffrouw Jansen willen zorgen?'

Haar ogen begonnen te glimmen. Er klonk een langgerekt 'Joepiiiie!' over het strand.

Ik moest haar enthousiasme temperen.

'Ho, ho, ho Frida, even iets heel belangrijks. Niet alleen jij moet het willen, maar je moeder ook. Anders kan het niet doorgaan.'

Ze wilde het liefst meteen naar huis rennen om het te vragen. Ik was ontroerd door haar enthousiasme.

'Ik hoop niet dat jij nu hoopt dat ik snel doodga, zodat Juffrouw Jansen snel bij jou kan komen wonen,' zei ik lachend.

'Nee, natuurlijk niet!' zei ze geschrokken.

Maandag 6 januari

'Het mag niet,' zei Frida met een beteuterd gezicht.

'Godverdomme!' zei ik hard. Frida schrok ervan.

'O, sorry. Ik bedoel: wat ontzettend jammer,' probeerde ik het recht te zetten.

'GRAPJE, HET MAG WEL!'

'Echt? Geweldig! Hoe heb je het voor elkaar gekregen?'

'Ik heb gezegd dat ik het allerliefste kind van de hele wereld zou worden. Maar dat wilde ze liever niet. Toen heb ik gezegd dat ik net zo lief zou blijven als nu en toen mocht het.'

Ik prees haar om haar geweldige tactiek, maar ze wist niet wat tactiek was.

Frida vertelde dat haar moeder eerst heel moeilijk had gekeken maar dat ze toen een paar filmpjes van Juffrouw Jansen had laten zien op haar telefoon. Daarna had ze beloofd, '*echt, echt, echt, ik beloof het heel heel erg*', dat ze de hond elke dag drie keer uit zou laten. Haar moeder had geantwoord dat ze er nog een nachtje over wilde slapen.

'Nou, toen kon ík mooi dus de hele nacht niet slapen van de zenuwen.'

De volgende dag had ze om zeven uur 's ochtends naast het bed van haar moeder gestaan.

'En? Mag het?'

Ja, het mocht als Frida Juf elke dag twee keer zou uitlaten. Haar moeder zou de derde keer voor haar rekening nemen. Haar broertje zou reserve-uitlater zijn, want die leek het wel heel leuk, maar hij was eigenlijk nog een beetje te jong.

'O, ik ben zo blij, opa.'

'Maar... ik ben nog niet dood, hè. Het is nu nog steeds mijn hond.'

'O ja, dat is waar.' Heel even keek Frida sip maar meteen daarna klaarde haar gezicht op. 'Maar we kunnen hem nu wel vast extra vaak samen uitlaten, zodat hij heel goed aan mij kan wennen.'

Een beter voorstel had ik niet kunnen bedenken.

'Pak zijn riem, Frida. O nee, die heeft-ie al om.'

Donderdag 9 januari

Een paar dagen geleden is er een nieuwe bewoner gekomen. Hij heet meneer Handjojo en hij komt uit Nederlands-Indië. Een kleine, vriendelijke, beleefde man. Gisteren raakte ik met hem aan de praat en wat bleek: hij is negenendertig jaar onderwijzer geweest op een lagere school. Eerst op Java, later in Drenthe.

'Java, Bali, Lombok, Soembawa, Soemba, Flores, Timor,' dreunde ik meteen op.

Hij antwoordde prompt: 'Groningen, Hoogezand-Sappemeer, Veendam, Stadskanaal, Nieuwe Pekela, Oude Pekela.'

'Topografie, kom daar nog maar eens om!' riep ik enthousiast en ik wilde hem een high five geven, zoals ik van Frida had geleerd, maar dat snapte meneer Handjojo niet. Mijn hand bleef in de lucht hangen en hij keek er glimlachend naar.

We hebben uitgebreid zitten praten over het onderwijs in die goeie ouwe tijd. Nou ja, het was niet allemaal koek en ei geweest, want hij had een neef verloren bij de politionele acties, maar, zei hij: 'Dat heb ik Nederland vergeven. En nu zorgt Nederland goed voor me,' en daarbij wees hij om zich heen.

Wij, oude schoolmeesters onder elkaar, waren het erover eens: het was vroeger zo slecht nog niet.

Vrijdag 10 januari

Het is een winter van niks. Tot nu toe is de herfst met een maand of twee verlengd. Regen en wind in overvloed, geen vlokje sneeuw, geen graadje vorst.

Als ik de hond niet had kwam ik niet buiten. Nu maak ik trouw mijn drie rondjes per dag. Ik ging soms nog wel vaker, als ik niet zeker wist of ik nou al was geweest of niet, maar daar heb ik wat op gevonden. Ik wacht nu gewoon tot Juffrouw Jansen piepend voor me staat met zijn riem in zijn bek. Dan moet er geplast of gepoept worden. Hij vergist zich nooit, ook al kan hij geen klokkijken.

Een paar keer per week wandelen we met zijn vieren op het strand: Leonie, Frida, Juf en ik. Dat zijn de mooiste momenten van de week. Frida en de hond rennen heen en weer met een bal, wij wandelen bedaard arm in arm en de zee zorgt voor achtergrondmuziek. We laten ons plezier niet vergallen door slecht weer. Alleen stromende regen houdt ons thuis.

Thuisgekomen geeft Frida Juffrouw Jansen dan zijn eten en water.

'Ik kan het al best goed, hè?'

'Wat?'

'Voor hem zorgen.'

'Ja, inderdaad. Ik geef je een negen voor hond verzorgen.'

'Waarom geen tien?'

'De tien is voor de meester zelf.'

Zaterdag 11 januari

Het is er een stuk gezelliger op geworden met meneer Handjojo. Hij komt graag bij ons aan het tafeltje zitten. Leonie kan het ook goed met hem vinden.

'Een schatje, hoor,' had ze gezegd.

We kletsen er als drie oude wijven op los. Soms, als het te lang over school-in-die-goeie-ouwe-tijd gaat, vraagt Leonie glimlachend of er nu weer even over kwantummechanica gepraat kan worden.

Dat betekent dat ze graag weer even mee wil praten.

Meneer Handjojo houdt net als ik erg van puzzelen. Hoe meer stukjes hoe beter. Leonie is meer van het breien. Deze hobby's bijten elkaar niet, kunnen aan dezelfde tafel uitgeoefend worden en je kunt er rustig bij kletsen. Bijvoorbeeld over kwantummechanica.

Dinsdag 14 januari

'Dag, meneer Groen,' klonk het achter me.

Het was een bekende stem, maar van wie? Ik draaide me om en stond tegenover mevrouw Stelwagen.

'Dag mevrouw... eh...' Haar naam schoot me zo snel niet te binnen.

'Stelwagen,' vulde zij aan. 'Wat leuk u weer eens te zien.'

'Inderdaad een... bijzondere verrassing. U bent toch niet de nieuwe directrice hier, hè?'

Ik klonk misschien een beetje angstig, want ze schoot in de lach, wat bij haar een minzame glimlach betekent.

'Nee hoor, weest u maar niet bang. Ik kom voor het regionaal overleg met directeuren. Hoe is het met u? Hebt u uw draai gevonden hier?' vroeg ze.

'Het is heel prettig hier. Ik moet u nog bedanken.'

Ze trok een wenkbrauw op.

'O, waarvoor?'

'Dat u ervoor hebt gezorgd dat ik samen met Leonie hiernaartoe werd overgeplaatst vanuit Amsterdam-Noord. Daar zijn we allebei nog steeds heel blij mee.'

'Graag gedaan. Ik vond u altijd een aardige en bijzondere man.'

'Dat hebt u dan bijzonder goed verborgen weten te houden.'

Ze slikte.

Ze opende haar mond om iets te zeggen maar er kwam geen geluid uit.

Ik kreeg zowaar een beetje medelijden met haar en vroeg of ze misschien zin en tijd had om een kopje koffie te drinken.

Ze aarzelde, keek op haar horloge.

'Eigenlijk moet ik nu naar het overleg maar... ik kan... ik laat ze even weten dat ik een kwartiertje later kom.'

Het kwartiertje werd een half uur, totdat onze directeur haar kwam zoeken.

'O, hier ben je. We wachten al een tijdje op je.'

'Ik kom er zo aan.'

We hebben afscheid genomen met vriendelijke woorden en een lange handdruk. Tegelijk formeel en emotioneel.

'Dag, meneer Groen.'

'Dag, mevrouw Stelwagen.'

We hadden bij de koffie een heel prettig gesprek gehad over onze jaren in Amsterdam-Noord. Ze vroeg of ik hier een nieuwe Omanido-club had opgericht en vond het jammer toen ik zei dat dat niet was gelukt.

'U had een prachtige club bij ons in Noord. Ik kon het natuurlijk niet hardop zeggen, maar ik was er ook een beetje trots op dat dat in mijn huis allemaal gebeurde.'

Toen ik vroeg waarom ze dat toen niet hardop kon zeggen, bleef het stil.

'Als u dat toen gezegd had, waren we daar allebei een stuk gelukkiger van geworden, mevrouw Stelwagen.'

Ze keek even weg. Toen knikte ze.

'Ik denk dat u gelijk hebt, meneer Groen.'

'U bent eigenlijk een leuke vrouw, maar u wilt dat liever niet toegeven.'

Ze lachte. En ik geloof dat ze een beetje bloosde.

'Ik werk eraan, meneer Groen. Wilt u nog een koekje?'

Donderdag 16 januari

Er beginnen in Bergen aan Zee verontrustende berichten uit China door te sijpelen: er is een virus dat het vooral gemunt heeft op zwakke oude mensen. Het heeft de vriendelijke naam 'corona' en is zeer besmettelijk.

De bewoners zijn er niet gerust op.

‘China ligt aan de andere kant van de wereld, dat duurt nog wel even,’ bracht ik er voor dovemansoren tegen in.

Ze sturen er massaal hun boodschappenzonen en -dochters op uit om desinfecterende gel te halen bij de drogist. En voor de zekerheid ook maar een paar extra rollen koek.

Vrijdag 17 januari

‘Zal ik je eens een potvis laten zien, opa?’ had Frida gevraagd.

‘Een potvis?’

‘Nou ja, alleen zijn botten, want er zit geen vlees meer aan. Of... zit er eigenlijk wel vlees aan een vis?’

‘Er zit vissenvlees aan vis, denk ik, maar dat klinkt een beetje raar,’ zei ik.

Ik was er al vele malen langsgelopen maar nog nooit binnen geweest: het zeeaquarium in ons mooie dorp. Frida had een jaarabonnement en had voorgesteld mij een rondleiding te geven. Gistermiddag vond die plaats.

‘Dit is dus de potvis. Of wat ervan over is.’

Er stond een reusachtig skelet. Daar vonden we ook de oplossing voor het vlees-of-visvraagstuk: een potvis is geen vis maar een zoogdier. Dus, denken wij, heeft hij geen graten maar botten en aan die botten geen vis maar vlees.

Daarna gingen we naar de vijver met piranha’s.

‘Als je daarin valt, eten ze je in één minuut helemaal op,’ griezelde Frida.

Ik trok een schoen en een sok uit. ‘Zullen we eens kijken of ze honger hebben?’ Ik deed net of ik een teen in het water wilde gaan steken.

Frida slaakte een kreetje. 'Doe normaal, opa!'

Even later kwamen we bij Frida's beste vrienden Selma en Tjark, twee zeehonden.

'Ze kennen me, hoor. Die ene, Tjark, die zegt me altijd gedag als hij me ziet.'

Frida deed verrassend goed een zeehond na. En nog een keer. Na vier keer huilde Tjark terug. 'Oe, oe, oe.' Of hoe schrijf je het geluid van een zeehond?

Frida stond er apetrots bij met een blik van 'Ik spreek zeehonds'.

Daarna leidde ze me langs een paar honderd verschillende soorten vissen met allemaal dezelfde enge vissenogen. Ik ben niet zo erg van de vissen, ik hou meer van dieren met haren dan met schubben.

Tot besluit van de rondleiding moest ik een rog aaien. Dat was een hele zelfoverwinning, zo'n platgeslagen vis aanraken, maar ik moest wel, want ik kon natuurlijk niet mijn kleine meid teleurstellen. Ik moet bekennen dat ik blij was toen we uiteindelijk buiten op het bankje zaten met een ijsje in ons hand. Daar was het eigenlijk te koud voor, maar dat kon ons niks schelen.

Zaterdag 18 januari

Ik kon mijn bril nergens vinden. Had wel nog de tegenwoordigheid van geest om eerst op mijn hoofd te zoeken. Dat zat hij niet. In dit kleine rotkamertje drie kwartier gezocht.

Ben toen maar zonder bril met de hond gaan wandelen, want die stond al een half uur te piepen dat hij naar buiten wilde. Ik zag alles wazig en heb Juffrouw Jansen voor de zekerheid aan de lijn gehouden. Eigenlijk heeft hij mij uitgelaten. In ieder geval stond ik na een poosje weer veilig voor de deur van ons tehuis.

Uiteindelijk vond ik de bril terug in de wasmand. Misschien tegelijk met mijn broek erin gegooid?

Ik moet iets bedenken om niet de hele dag van alles kwijt te raken, maar wat?

Een grote bak waar ik alle dingen die ik niet wil kwijtraken in gooi?

Het gaat om het moment van wegleggen. Dat moment is steeds vaker uit mijn geheugen verdwenen. Ik weet gewoon heel vaak niet wat ik een kwartier geleden heb gedaan. Heel frustrerend. De machteloosheid maakt me soms woedend. Ik heb al een keer met een boodschappentas gegooid. Die had ik in mijn hand en ik wist niet meer wat ik ermee ging doen. Gooide ik ook nog een vaas om. Was ik helemaal ziedend. Wat gebeurt me toch allemaal?

Uren later zag ik een stapel oude kranten liggen en wist ik opeens weer dat ik die in de boodschappentas had willen doen en naar de oudpapierbak had willen brengen.

Dinsdag 21 januari

Het is vandaag de verjaardag van mijn dochtertje. Nou ja, dochtertje; ze zou vandaag drieënzestig jaar zijn geworden. Daar kun je je geen voorstelling bij maken. Het beeld is voor altijd bevroren bij een klein meisje van vier.

Gisteren ging ik het rijtje af van overleden geliefden en vrienden. Toen kwam opeens het idee bij me op: ik ga vanmiddag naar het graf van Evert. Boterhammen gesmeerd, voor Juffrouw Jansen eten in een tupperwarebakje gedaan, mezelf warm aangekleed, daarna met de hond naar de bushalte gelopen en de bus naar het station van Alkmaar genomen. In de bus kon ik nog een kaartje kopen met mijn pinpas, maar op het station kon ik nergens een loket vinden. Een stugge meneer met een uniform verwees me naar een automaat. Daar probeerde ik echt heel lang een kaartje uit te krijgen, maar het lukte me niet. Te ingewikkeld. Toen kwam de trein eraan en gokte ik het er maar op en stapte zonder kaartje in. Anders had ik een half uur moeten wachten.

Ik had geluk: geen conducteur gezien. Maar in Amsterdam kon ik zonder kaartje het station niet meer uit. Overal hekjes. Ik keek waarschijnlijk erg hulpeloos, want een meisje met allemaal ringen door haar neus en oren vroeg of ze kon helpen. Ik zei dat ik geen kaartje had om eruit te komen.

'Let op, meneer, hoe wij dat gaan oplossen,' zei ze. 'U gaat vlak voor me staan en als ik zeg lopen, loopt u door het poortje.' Ze pakte me vast, keek speurend in de rondte, hield een kaartje voor het schermpje, de hekjes gingen open en ze zei: 'Lopen.' Tegen haar aangeplakt glipten we samen de vrijheid tegemoet. Daarna liep ze met me mee naar de taxi's. De eerste chauffeur deed moeilijk over Juffrouw Jansen. Mijn nieuwe punkvriendin schold hem hartgrondig uit en vond na even rondvragen een taxi die wel een hond mee wilde nemen.

Toen we wegreden zwaaide ze.

Gelukkig had ik de naam van de begraafplaats op een briefje geschreven.

Het was doodstil op het kerkhof. Gelukkig maar, want Juffrouw Jansen plaste hier en daar tegen een zerk en dat zal vast wel niet mogen. Ik wist nog precies waar Everts graf was. We hadden het plekje destijds samen uitgezocht. Er stond een bankje.

We hebben heerlijk zitten praten, Evert en ik.

'Heb je het een beetje naar je zin daar in Bergen? Valt er nog wat te keten?'

Ik vertelde van Frida en Leonie, van de strandwandelingen, de aardige hoofdzuster, en van de reünie van Omanido.

'Goed gedaan, vriend. Je bent niet bij de pakken neer gaan zitten. En af en toe een lekker wijntje of borreltje, mag ik hopen?'

Ik vertelde dat ik aangeschoten op tafel had gedanst bij het feestje van Omanido en Evert was trots op me.

Het was even stil. We keken in het rond.

'Wat zou je ervan vinden als ik bij je in de buurt kwam liggen?' vroeg ik.

Evert trok een wenkbrauw op.

'Dat had je al beloofd te zullen doen, vriend. Sterker nog, je zou een fles jenever meenemen. Dus: ja gezellig, kom erbij, want verder is het een dooie boel hier.'

'Ik ga straks even langs de beheerder,' zegde ik toe.

'Maar 's nachts niet gaan spoken, hè,' waarschuwde Evert nog.

Daarna pakte hij Juffrouw Jansen bij zijn flaporen en gaf hem een zoen op zijn neus.

'Zooo, jij bent groot geworden. Zorg je een beetje goed voor mijn beste vriend?' Toen tegen mij: 'Het wordt koud, Henk. Tijd om te gaan.'

Ik ben langs het kantoortje gegaan om te vragen of ik een graf kon reserveren op het veldje van Evert. Er zat een mevrouw achter een bureautje die enigszins verstoord opkeek toen Juf en ik binnenkwamen.

Ze kon geen plek voor me reserveren, maar als ik er niet te

lang over deed om dood te gaan zou er waarschijnlijk wel plaats zijn.

Ik moest een formulier invullen en ondertekenen en kreeg een kopie mee naar huis.

Toen ik haar groette bij het weggaan zei ze: ‘Leuke hond. Maar er mogen eigenlijk geen honden op de begraafplaats. Ze graven soms kuilen, ziet u.’

Ik dacht aan Pluto die altijd botten verstopte onder de grond.

Voor de terugreis heb ik op het Centraal Station bij een loket een kaartje kunnen kopen. Eén keer zwartrijden per dag leek me wel genoeg.

Even voor vijven wandelde ik het tehuis weer binnen.

‘Zo, bent u daar eindelijk?’ begroette de portier me. Het bleek dat Leonie al een paar keer was komen vragen of ik ergens gesignaleerd was.

Ik ben naar haar kamer gegaan om te zeggen dat ze zich niet ongerust had hoeven maken en dat ze de groeten kreeg van Evert.

Woensdag 22 januari

Frida keek me met grote ogen aan.

‘Wat doet u nu, opa?’

‘Ik doe de suiker erin.’

‘Ja, maar dat is de koektrommel.’

Ik probeerde nog te doen alsof het een grapje van me was, maar ik zag aan haar gezicht dat ze dat niet geloofde.

‘Geeft niet hoor, opa. Zullen we de koekjes in de suikerpot doen?’

Donderdag 23 januari

De bewoners maken elkaar steeds banger. Er zijn in China tot nu toe bijna alleen maar zieke en bejaarde mensen doodgegaan aan het coronavirus en dat is overal een geruststelling, behalve in een bejaardentehuis. Daar zorgt het voor extra onrust. En boosheid.

'Altijd is de bejaarde de klos,' foeterde mevrouw Alberts. 'Pensioenkorting, je kinderen die nooit langskomen en nu ook nog dat virus, het is écht niet eerlijk.'

Ik vroeg haar of ze liever had dat kinderen aan het virus dood zouden gaan en de bejaarden gespaard bleven.

Ze keek me argwanend aan.

Ik herhaalde: 'Hebt u liever dat kinderen eraan doodgaan?'

Na enig nadenken vond ze dat alle mensen gelijke kansen op het virus moesten krijgen.

Toen heb ik gezegd: 'Wat bent u een stom varken.'

Haar mond viel open van verbazing.

Ik doe het niet graag, schelden, maar soms moet het. Leonie zat er later nog om te grinniken.

'Keurig van je, Hendrik, dat je "u" zei tegen het varken.'

De eerste bewoner met een mondkapje is gesignaleerd. Van de Gamma. Tegen het stof. Het was een gebruikt kapje, er zat nog wat zaagsel op.

Ik zag dat het mensen op een idee bracht.

Ik deed tot voor kort elke dag de geheugentrainer van Max. Ondanks een beetje valsspelen werden de resultaten slechter en slechter. Van het lijstje met boodschappen wist ik er op het einde nooit meer dan drie of vier van de acht.

Ik ben ermee gestopt omdat ik steeds vaker kwaad werd. Op mezelf en op die stomme boodschappen.

Vrijdag 24 januari

Er zit een deuk in mijn scootmobiel. Ik kon er niets aan doen. De gemeente Bergen aan Zee heeft voor de deur van ons tehuis nieuwe betonnen paaltjes geplaatst om te voorkomen dat mensen hun auto recht voor de deur parkeren. Maar die paaltjes zijn bijna niet te zien. Toen ik gisteren terugkwam van een boodschap doen bij Simon de Wit was het al een beetje schemerig en was mijn bril een beetje beslagen, dus dan is het niet zo gek dat je zo'n paaltje over het hoofd ziet. Het was een behoorlijke knal; ik kwam geloof ik helemaal los van mijn stoel.

De portier heeft mijn scootmobiel losgewrikt van het paaltje waar ik op vastzat en een paar dingen rechtgebogen zodat ik verder kon rijden. Het hele gedoe duurde lang genoeg om een flink aantal bewoners de gelegenheid te geven samen te drommen in het halletje en me óf stom aan te gapen óf nuttige opmerkingen te maken als: 'U moet volgende keer beter uitkijken' en: 'Nou nou, dat is een behoorlijke deuk'.

En mijn karretje maakte ook nog eens een hard piepend geluid omdat er van alles aanliep toen ik door een erehaag van bewoners het halletje binnenreed.

Ik gebruik mijn scootmobiel voor boodschappen en om de hond uit te laten. Alleen niet als ik naar het strand ga, dan neem ik mijn speciale stok die niet zo makkelijk in het zand wegzakt. Ik ga eigenlijk het liefst alleen nog samen met Leonie of Frida naar het strand. Als ik dan val is er in ieder geval iemand om me op te rapen. Dat is tot nu toe twee keer gebeurd. Gelukkig val je niet al te hard op het zand, maar het is toch even schrikken.

Erg ver komen we ook niet, misschien driehonderd meter, maar ik vind het heerlijk. De zee en de wind maken me rustig. Ik geniet van Frida en Juffrouw Jansen die om ons heen rennen.

Soms beeld ik mij in dat ik samen met Eefje over het strand loop. Arm in arm. Zij wijst mij op een strandplevier (ik bedenk maar een vogel, volgens mij bestaan die) en ik knik zogenaamd belangstellend. Ze lacht en ik lach terug. We hebben niet veel woorden nodig. Als we halverwege omkeren geven we elkaar een kusje. Dat is traditie.

Bij het strandpaviljoen, dicht bij ons tehuis, drinken we koffie of wijn. Zij temt haar verwaaide kapsel en veegt de laatste haren die ik nog heb terug op hun plaats.

Ik kan in mijn fantasie volmaakt gelukkig zijn.

Zaterdag 25 januari

Social Trials Dementie (belangrijk!!) had ik op een briefje geschreven, maar toen ik dat briefje later terugvond had ik geen idee meer waar het over ging. Ik heb die aardige zuster, ik geloof dat ze Fatima of zo heet, gevraagd of zij misschien wist waar dat over ging.

Ze wist het niet maar ging het voor me vragen.

Een uurtje later werd er aan de deur geklopt. Het was het hoofd van de afdeling, mevrouw Schuttevaar. Ze is een vrouw van in de vijftig met een groot hart, een bescheiden ego en een gezond verstand. Ze heeft het leven wel onder de knie en straalt rust en plezier uit. Ongeveer het tegenovergestelde van Stelwagen.

'Hallo meneer Groen, hoe gaat het ermee? Ik hoorde dat u een vraag had over Social Trials Dementie?'

Ik legde uit dat ik er waarschijnlijk iets over had gelezen en er iets belangrijks mee moest, aangezien ik er een notitie van had gemaakt, maar dat ik was vergeten wat.

'Nou, het komt in dit geval goed uit dat u dat vraagt,' zei ze, 'want het is een Engelse term voor iets wat erg op oude mensen van toepassing is: hoe kunnen gemeenten, zorgkantoren en instellingen experimenteren met zorg en ondersteuning voor dementerenden en hun naasten.'

'Ik ben er niet zo happig op als er met me geëxperimenteerd wordt. En ik ben ook nog lang niet dement.' Ik merkte dat ik bits reageerde.

Dat negeerde ze en ze zei dat ik het blijkbaar wel belangrijk had gevonden.

'Ik moet toegeven, dat staat op het briefje.'

Ze legde uit dat het gaat om maatregelen die ervoor moeten zorgen dat mensen langer prettig thuis wonen, bijvoorbeeld met behulp van een vertrouwenspersoon.

'O ja, dat was het.' Ik wist het weer. 'Ik moest Leonie vragen of ze mijn vertrouwenspersoon wilde worden.'

'Voilà!' zei mevrouw Schuttevaar. 'Probleem van het briefje opgelost. En voor zover ik haar ken, kunt u geen betere vertrouwenspersoon kiezen dan mevrouw Van der Horst.'

Dezelfde middag heb ik haar gevraagd.

'Leonie, ik ben toch wel af en toe een beetje de weg kwijt en nou heb ik ergens gelezen dat het aanstellen van een vertrouwenspersoon... eh... zeg maar een beetje een steun in de rug is. Zou jij mijn vertrouwenspersoon willen zijn?'

'Gut, Hendrik, dat wil ik wel, maar...'

'Ik wil je niet tot last zijn natuurlijk.'

'Nee hoor, schat, je bent me nooit tot last. Maar ik weet niet wat ik dan moet doen, als vertrouwenspersoon zijnde, en of ik het kan.'

Ik zei haar dat zuster Schuttevaar dacht dat ze een uitstekende vertrouwenspersoon zou zijn en dat we eens met haar moesten overleggen wat een en ander inhield.

'Nou, leuk. Ik doe het. Heb ik iets omhanden,' stemde Leonie in. 'Maar niet gaan lopen piepen en mekkeren hè, Hendrik Groen.'

Ik beloofde dat ik enorm mijn best zou doen om een vrolijke, makkelijke, niet-zeurende demente te worden, maar dat ik dat niet voor honderd procent kon garanderen.

'Weet je, Leonie,' besloot ik, 'eigenlijk ben je allang mijn vertrouwenspersoon.'

'Maar jij ook de mijne, Hendrik.'

'Nog wel.'

Zondag 26 januari

'Wat heb je hier nou allemaal staan?' vroeg Leonie verbaasd.

Ze was bij het binnenkomen van mijn kamer bijna gestruikeld over een grote stapel dozen.

'Ik heb met de scootmobiel een paar puzzels gekocht,' zei ik.

'Een paar, dat zijn er wel... eh... misschien wel twintig.'

'Veertien, en ze waren niet duur hoor,' verdedigde ik mezelf.

Ik legde uit dat ik naar de kringloopwinkel was geweest en daar alle puzzels had gekocht met meer dan tweehonderd stukjes.

'Alles bij elkaar niet meer dan dertig gulden.'

'Dertig euro.'

'Wat maakt het uit. In ieder geval heb ik nu genoeg omhanden,' lachte ik. 'Het komt ook door meneer Jojo, eigenlijk Handjojo, maar hij vindt het niet erg als ik hem Jojo noem, dat kan ik beter onthouden.'

We puzzelen namelijk graag samen, maar hij had zelf alleen maar twee tamelijk makkelijke puzzels en die hadden we op één dag gemaakt. Hij wilde toen de stukjes weer door elkaar gooien en opnieuw beginnen, maar dat vond ik niks. Dus toen ben ik naar de kringloopwinkel gegaan. Nu kunnen we minstens een paar weken voort. Er is wel een irritant nadeel aan tweedehands puzzels: je weet nooit of ze compleet zijn. Ik kan me mateloos ergeren aan puzzels met drie of vier of zelfs maar één ontbrekend stukje.

Jojo kan het niks schelen. Die is onverstoorbaar.

Dinsdag 28 januari

Een van mijn grootste angsten is dat ik groezelig word.

'Leonie, wil je er alsjeblieft, alsjeblieft op toezien dat ik een beetje netjes blijf?' heb ik haar al meerdere malen gevraagd. En elke keer heeft ze toegezegd echt haar uiterste best te zullen doen dat ik er ook als demente bejaarde als een keurig heertje bij zit.

Maar zij kan natuurlijk eerder doodgaan dan ik.

Dus heb ik mevrouw Schuttevaar hetzelfde dringende verzoek gedaan.

'Meneer Groen, zolang ik u onder mijn hoede heb, blijft u de mooie meneer. U kunt nu ieder moment van de dag een modeshow lopen en dat gaan we samen zo houden.'

Gelukkig heeft ze me nog nooit in mijn luier gezien. Ik jaag er trouwens tegenwoordig wel een pak per dag doorheen.

Ik zie zo veel treurige voorbeelden om me heen. Platgetrapte sloffen, twee verschillende sokken, panty's met ladders en vlekken, vlekken, overal vlekken. We morsen wat af: koffie, chocolademelk, jus, ijs, wijn, aardappelen, groenten. Bij sommige bewoners kun je aan de vlekken de menukaart van de afgelopen dagen aflezen. Een vlek is met onze bibberige motoriek natuurlijk snel gemaakt, maar dezelfde jurk of hetzelfde overhemd vol vlekken nog dagenlang aanhouden getuigt van luiheid, nonchalance en gebrek aan zelfrespect. En daar moet ik dan de hele dag tegenaan kijken.

'Wat maakt het uit,' zei mevrouw Schaft toen ik haar op een gat in haar versleten trui attendeerde.

'Het ziet er niet uit, mens. Wees toch eens een beetje trots op jezelf, al ben je oud.' Ik heb het niet gezegd, het zou bij haar verspilde energie zijn geweest. Gelukkig spuit zij ruimhartig met eau de cologne, anders zou er ook nog een zure walm om haar heen hangen.

Ja, ik geef het toe, het is een beetje een vies praatje, maar ook de harde werkelijkheid: oude mensen verzorgen zichzelf vaak slecht.

Ik selecteer er mijn vrienden op, lijkt het wel, als ik zo inventariseer: alle leden van Omanido, meneer Jojo en zelfs Frida gaan allemaal vlekkeloos gekleed. Natuurlijk gaat er ook bij ons geregeld een kop koffie over een broek of rolt er een aardappel in een schoot, maar dan ga je gewoon even discreet iets schoons aantrekken.

Begin februari

Het lukt me al een tijdje niet meer om elke dag te schrijven, en als ik schrijf weet ik vaak niet welke datum het is en heb ik, zoals vandaag, ook geen zin om het op te zoeken. Dus zet ik er deze keer alleen de maand boven. Welke dag van de week het is wordt ook moeilijker te onthouden. Dat is maar gedeeltelijk de schuld van mijn vergeetachtigheid. De meeste dagen lijken zo op elkaar dat het er nauwelijks toe doet of het maandag, dinsdag of vrijdag is. De agenda van elke dag is ongeveer hetzelfde. Opstaan, ontbijten, middageten, avondeten en drie keer per dag de hond uitlaten. 's Avonds televisiekijken, soms alleen, meestal met Leonie. Soms, als ik alleen ben, probeer ik via de tv-gids uit te vinden welke dag van de week het is. Dan zoek ik op tv een niet-dagelijks programma, bijvoorbeeld *De Rijdende Rechter*, en kijk vervolgens in de gids voor welke dag dat geprogrammeerd staat. Omgekeerd gebruik van de gids als het ware.

Ik kan de datum natuurlijk ook opzoeken in de krant, maar dit vind ik leuker. En daarbij valt Juffrouw Jansen de krant nog wel eens aan en dan resten er slechts snippers.

Leonie is nog helemaal bij de pinken. Die weet alles precies. Ze is mild en geduldig als ik een beetje onsamenhangend door de dag ga.

Na het avondeten doen we allebei een hazenslaapje en wie dan het eerste wakker wordt gaat bij de ander op visite om hem of haar te wekken. De dagen worden ongeveer gelijk verdeeld, maar ik verdenk Leonie ervan dat ze daarbij soms een beetje valsspeelt. Dan wacht ze wat langer, of ze zet de wekker. Soms komen we elkaar op de gang tegen, op weg naar elkaar. Dan hebben we recht op een extra koekje bij de koffie. Wie op visite is mag kiezen naar welk programma er wordt gekeken. Gelukkig hebben we bijna dezelfde smaak en hoef ik bijvoorbeeld niet naar Ivo Niehe te kijken. Een ander mazzeltje is dat Leonie ook van voetballen houdt. Ik haak eigenlijk alleen af bij *Expeditie Robinson*, want daar snap ik na een kwartier al niks meer van. Leonie houdt niet van gewelddadige films. Dat is mijn geheime genoegen: films met woeste achtervolgingen, schiet- en vechtpartijen en flink wat doden en gewonden. Dat past eigenlijk helemaal niet bij een oude brave bovenmeester en eerlijk gezegd is het ook iets van de laatste jaren. Vroeger keek ik daar nooit naar.

Woensdag 5 februari

Literatuur en dementie hebben elkaar de laatste paar jaar gevonden, maar een vrolijk koppel is het niet.

Ik ken wel vier schrijvers die niet zo lang geleden een boek hebben geschreven over een moeder, vader of partner die dement werd: Adriaan van Dis, Ivo Victoria, Clairy Polak en Hugo Borst.

Ik ben in een paar van die boeken begonnen, maar hoe mooi ze ook geschreven waren, het lukte me niet het einde te halen. Het is me te troosteloos allemaal. Misschien komt het in mijn huidige toestand ook een beetje te dichtbij. Ik heb toch meer behoefte aan iets van *Eind goed, al goed*.

Ik heb vroeger *Hersenschimmen* van Bernlef gelezen. Dat boek heeft toen grote indruk op me gemaakt, al weet ik niet meer waarom. Ik durf het niet te herlezen. Ik ben bang dat ik er somber van word of er te veel in herken. Ik zou graag een boek willen lezen over ouder worden waar je ook een beetje om kunt lachen.

Vrijdag 7 februari

De particuliere zorgvilla's schieten als paddenstoelen uit de grond, las ik in de krant. Voor 'ontzorgd wonen' stond erbij. Alsof we ons in dit tehuis de hele dag zorgen zitten te maken.

Meneer Jojo, die goed is met cijfertjes, heeft me geholpen een en ander op een rijtje te zetten.

De kosten van de zorg in verzorgings- of verpleeghuizen, zoals personeel, huisvesting en gas en licht, worden gedekt door het zorgpakket van de zorgkantoren. Afhankelijk van het zorgzwaarteprofiel van een bewoner (hoeveel zorg heeft iemand nodig), is de bijdrage van de staat per persoon een bedrag tussen 3200 en 6000 euro per maand.

Naast de reguliere zorginstellingen waren er eind 2019 ook 273 particuliere tehuizen voor ouderen. Ze beloven een extra mooie kamer, veel activiteiten, zoals taarten bakken en naar de dierentuin, en een wijntje bij het eten. Een beetje kort door de bocht komt het daarop neer.

De extra eigen bijdrage die bewoners voor dit pakket moeten betalen varieert van 800 tot 6000 euro per maand. Dat is dus alleen voor de extraatjes, naast de zorgbijdrage van de zorgkantoren!

Daarvoor zou je zonder problemen elke dag naar Artis kunnen gaan (abonnement 81,50 euro per jaar, inclusief Micropia), de hele dag zo veel wijn drinken als je wilt en kun je onbeperkt kaviaartaarten bakken. Wat er daarna nog overblijft, in sommige gevallen een paar duizend euro per maand, blijft aan de strijkstok van de slimme ondernemer hangen. De krant noemt deze respectabele zakenmensen zorgcowboys. Dat lijkt me te eervol.

Ik was geschokt. En met mij meneer Jojo. En iedereen die de oorlog heeft meegemaakt. En alle weldenkende mensen.

De andere kant van de medaille: gelukkig kan ik nog geschokt zijn. Als ik straks dement ben is dat me niet meer gegund.

Zaterdag 8 februari

Ik heb het idee dat het personeel me steeds minder serieus neemt. Tot voor kort luisterden ze aandachtiger als ik iets te berde bracht. Nu zegt een zuster al snel: 'Ja hoor, meneer Groen', om vervolgens door te lopen. Ik snap het wel, want het gebeurt regelmatig dat ik halverwege een zin niet meer weet waar die ook alweer naartoe moest.

Ik wissel heldere momenten af met wazige momenten.

Het schrijven gaat me vooralsnog beter af. Dat kan ik in mijn eigen tempo doen. En ik kijk het bijvoorbeeld een dag later nog even na. Deze schoolmeester heeft weer nakijkwerk. Dan geef ik mijzelf ook een cijfer. Ik heb helaas al een paar onvoldoendes uit moeten delen.

Binnenkort maak ik een volgende stap: dan vraag ik of Leonie mijn dagboek af en toe wil nalezen om te kijken of er geen al te grote onzin in staat.

Ik moet wel.

Ik heb besloten dat zij mijn dagboeken krijgt als ik dood ben. En dan mag zij bepalen of zij ze op haar beurt weer door wil geven, bijvoorbeeld aan haar zoon of misschien aan Frida, als die er belangstelling voor heeft. Ik geef ze uit handen omdat ik het heel leuk zou vinden als iemand ze ooit met plezier zou lezen, hoewel ik tegelijk heel bang ben dat ze misschien totaal niet de moeite waard zijn. Ik kan dat zelf niet goed meer inschatten en vertrouw op het oordeel van Leonie. Zij is liefdevol, nuchter, kritisch en eerlijk. De perfecte combinatie.

Maandag 10 februari

'Hallo opa, waar schrijft u over?'

Ik was zo geconcentreerd aan het schrijven in mijn dagboek dat ik Frida helemaal niet had horen binnenkomen.

Ik schrok op en gooide een glaasje water om, gelukkig net niet over mijn toetsenbord.

Daar schrok op haar beurt Frida weer van.

'Oepsie,' zei ze bedremmeld, 'ik had echt geklopt hoor.'

'Geeft niks schat, het is maar water.'

Ik dweilde de boel min of meer op met een stapel papieren zakdoekjes en legde ondertussen uit dat ik in mijn dagboek aan het schrijven was.

Ze vroeg waar dat boek dan over ging.

'Over mij en over wat ik meemaak. Jij staat er ook in. Dit komt er ook in, denk ik.'

'Dit?'

'Ja. Dat ik schrik en iets omgooi, maar vooral heel blij ben dat je op visite komt.'

Frida knikte. 'Meestal zijn dagboeken geheim. Dan kun je schrijven wat je wilt zonder dat iemand iets gek vindt of stom. Misschien ga ik ook wel een dagboek schrijven. Dan kom jij er bij mij in. Ik heb wel al een poëziealbum. Dat is niet geheim, dat mag iedereen lezen.'

Ik vroeg of ik er ook iets in mocht schrijven.

Natuurlijk mocht dat. Sterker nog, ze rende meteen naar huis om het op te halen.

Daarna gingen we wandelen op het strand met Juffrouw Jansen.

Nu zit ik met mijn vulpen in de aanslag te wachten op inspiratie. Voor mij op tafel ligt het poëziealbum van Frida.

Tip tap top, Frida lust graag drop.
Tip, tap, top, de datum heeft een hoedje op.
De tijd heeft stilgestaan.

Woensdag 12 februari

Overdag puzzel ik graag, vaak samen met meneer Handjojo. We hebben van Lidy, de activiteitenbegeleidster, een plaat triplex gekregen van ongeveer honderdtwintig bij tachtig centimeter waarop onze grootste puzzel past, een met drieduizend stukjes. Zo kunnen we hem wegleggen als de tafel vrijgemaakt moet worden voor eten en drinken. We zijn nu met een puzzel van de Keukenhof bezig. Niet zo moeilijk omdat er heel veel verschillende kleuren zijn.

Eigenlijk wilde ik al meteen met deze stoppen toen bleek dat er een stukje van de rand ontbrak. Meneer Jojo keek mij vriendelijk aan en zei: 'In het echte leven ontbreekt er ook wel eens een stukje, meneer Groen. Stoppen we er ook niet meteen mee.'

Ik kon even niet zo snel bedenken of dit nou heel wijs gesproken was of mooi verpakte onzin. Maar in ieder geval zijn we verdergegaan en nu is hij bijna af. Ik hoop niet dat er nog meer stukjes ontbreken.

Bij de verhuizing van Amsterdam-Noord naar Bergen aan Zee heb ik een doos met speelgoed van mijn dochtertje weer gevonden. Al die jaren bewaard. Met een pop, hamertje-tik, een springtouw en haar eerste puzzel met mama beer en baby beer die een kopje thee drinken. Twaalf grote stukken. Ik heb hem gemaakt, hij ligt nu op het dressoir.

Donderdag 13 februari

Frida is een zonnestraal
Een pannenkoek met stroop en spek
Een verfrissend lentebuitje
Een giechelende lachebek

Frida is een veld vol bloemen
Een ijsje op een warme dag
Ik ben trots en heel gelukkig
Dat ik haar opa wezen mag

Met die acht regeltjes ben ik drie uur bezig geweest en nog ben ik niet tevreden.

'Je hoeft er niet de NS Publieksprijs mee te winnen, Hendrik,' sprak ik mijzelf troostend toe, 'het is heus een aardig versje voor een poëziealbum.'

Frida was heel tevreden. Vooral dat ze een pannenkoek én een ijsje was vond ze erg grappig.

'Je mag af en toe wel een hapje van me nemen, opa,' lachte ze.

Zaterdag 15 februari

'Wat draaien ze hier toch altijd een kutmuziek.'

'Wát zegt u nou, meneer Groen?' vroeg meneer Jojo verbaasd.

'Zei ik iets geks?'

'Er vliegt bij u de laatste tijd steeds vaker een kutje over tafel,' glimlachte Jojo, 'of een gvd.'

'Is dat zo? Ik merk het zelf niet eens.'

Er staat in de conversatiezaal bijna altijd een achtergrondmuziekje op. Muziek van niks. De Rolling Stones op panfluit, Nana Mouskouri sings Joe Cocker, zulk soort muzikale zouteloosheid. Joe Cocker sings Nana Mouskouri zou misschien wel interessant kunnen zijn.

Het kan niemand iets schelen, niemand luistert. Alleen ik. Ik kan er niet omheen luisteren.

Ik heb zuster Fatima wel eens gevraagd of ze iets anders kon opzetten, maar ik was bij haar aan het verkeerde adres.

'Iets opzetten?' vroeg ze met verbaasde grote mooie ogen.

'Ja, andere muziek,' zei ik.

Ze had geen idee hoe dat moest en waar die muziek vandaan kwam. Ze zou het vragen.

Later kwam ze naar me toe.

'Ik moet u teleurstellen, meneer Groen. We hebben een abonnement of zo. We kunnen het alleen aan- of uitzetten.'

'Jammer, maar evengoed bedankt.'

In mijn kamer zet ik vaak mijn koptelefoon op om lekker hard naar Beethoven of Mozart te kunnen luisteren, maar ik kan moeilijk in de conversatiezaal een koptelefoon opzetten, dat zou zeer onbeleefd zijn. Hoewel... als ze Vader Abraham gaan draaien... of nog erger: 'Vanmorgen vloog ze nog' van Robert Long.

Maandag 17 februari

Er is elke zondag een storm de laatste weken. Ze krijgen tegenwoordig namen. We kregen achtereenvolgens visite van Chiara, Dennis en Ellen. Minimaal code oranje. Dat betekent code thuisblijven, anders waaien we van onze dunne oude beentjes. Maar Juf moet toch uitgelaten worden.

Dus dik ingepakt op de scootmobiel een rondje om het huis.

Muts afgewaaid.

Ik riep 'Zoek, zoek!' tegen Juffrouw Jansen, maar die keek me onnozel aan en kwispelde alleen maar. Alsof hij wachtte op de bal om achterna te rennen. Mijn hond kijkt nooit eens nozel. Dat geeft niet, want dat domme is juist zo schattig aan hem.

Maar die muts heb ik nooit meer teruggevonden.

Woensdag 19 februari

Er begint steeds meer opwinding te ontstaan over het coronavirus. Dat heeft het vooral gemunt op kwetsbare ouden van dagen. Het virus waarde tot voor kort alleen rond in China maar heeft nu blijkbaar het vliegtuig en de boot genomen, want het is ook opgedoken in Europa. En op een cruiseschip dat nu nergens meer mag aanmeren. Daar zitten vast veel kwetsbare ouderen op. Zo'n varend vakantiepark wordt door veel van onze bewoners gezien als een hemel op aarde, maar als je er niet af mag en in je hut van drie bij vier moet blijven, verandert de hemel al snel in de hel.

'Wij bejaarden zijn altijd de pineut,' vond mevrouw Berger.

'Had u liever gehad dat het virus vooral peuters en kleuters als slachtoffer uitkoos?' vroeg een zuster vriendelijk.

'Nee, nee, natuurlijk niet,' haastte Berger zich te zeggen.

Toch zag ik dat sommigen zo hun twijfels hadden.

Vroeger, toen ik nog bovenmeester was, zijn er op mijn school een broertje en een zusje overleden aan de mazelen. Of misschien was het een andere kinderziekte, dat weet ik niet meer zo zeker. De ouders hadden hun kinderen niet laten inenten. Ze lieten het liever aan God over. Dezelfde God die mijn kleine meisje op haar fietsje de sloot in heeft laten rijden. Die God houd ik liever buiten de deur.

Ik ben helemaal in de war vandaag. Het begon al met mijn sokken vanmorgen. Binnenstebuiten aangetrokken. Leonie zag het meteen. Het voelt steeds vaker alsof ik zelf ook binnenstebuiten leef.

Donderdag 20 februari

'Godverdomme, kijk toch uit, ouwe trut.'

Ja, dat schijn ik gezegd te hebben. Ik ben er niet trots op.

Woest was ik.

We hadden de puzzel bijna af, maar de tafel moest vrijgemaakt worden voor het avondeten, dus tilden meneer Handjojo en ik de houten plaat met daarop de puzzel van tafel om hem op een niet in gebruik zijnde zijtafel te leggen. Rijdt dat mens Alberts zonder te kijken achteruit met haar rolstoel tegen mijn Indische vriend aan, die de plaat van schrik laat vallen.

Tweeduizend stukjes over de grond. Uren werk naar de haaien.

En toen heb ik het gezegd. Jojo heeft me er later op gewezen.

Mevrouw Alberts vond dat wij niet achter haar rolstoel hadden mogen oversteken. Het scheelde weinig of ik had haar een klap gegeven.

Eind februari

Het kost me toch steeds meer moeite om te schrijven. Ik doe soms een uur over drie regels. Ik ben ook al een keer tijdens het schrijven in slaap gevallen. Maar als ik mijn dag heb en inspiratie dan heb ik in een half uur een aardig stukje op papier.

De eerste coronabesmetting in Nederland is een feit, in Noord-Brabant. Nu is er bijna alleen nog maar coronanieuws. Dat inspireert mij niet bepaald. De angst is groot en de hoeveelheid onzin die mijn medebewoners uitkramen ook. Mevrouw Kaptein heeft haar kanarie weggedaan. Ze meende zich iets te herinneren van een vogelgriep en besloot geen enkel risico te nemen: Pietje de deur uit.

Nou Juffrouw Jansen, al hebt u corona, dan mag u toch blijven. Dan gaan we samen ten onder.

Zaterdag 7 maart

Ik had op wel vier plaatsen briefjes in alle kleuren opgehangen: ZATERDAG 7 MAART FRIDA JARIG. Wat ik normaal nooit doe, deed ik deze zaterdag wel: ik ging, samen met Juffrouw Jansen, bij haar op visite in plaats van zij bij mij. Om drie uur belde ik aan in mijn mooiste pak. Ik hoorde een hoop geschreeuw, hollende voetstappen en toen zwaaide de buitendeur open.

'Hallo jarige job, gefeliciteerd.'

Frida keek even heel verbaasd zodat ik al dacht dat ik misschien toch op de verkeerde dag was gekomen, maar toen draaide ze zich om en schreeuwde blij en heel hard naar binnen: 'Opa is er en Juffrouw Jansen ook!'

Even later stond ik tussen acht enthousiaste meisjes van een jaar of elf en één wat kleiner jongetje, die allemaal tegelijk Juffrouw Jansen wilden aaien. Frida hield apetrots de riem vast. 'Dit is hem.'

'*So cute*,' zei een roze meisje.

'Kan-ie ook kunstjes?' wilde een andere jongedame weten.

'Ja, kan-ie bijvoorbeeld "dood"?'

'Hij kan alleen maar "poot" en "zit",' zei ik, 'maar alleen als hij daar zin in heeft.' Niemand luisterde.

Ik stond er verloren bij. Had geen moment bedacht dat er wel eens een kinderpartijtje aan de gang kon zijn waar niemand op een oude man zat te wachten. Gelukkig wel op zijn hond.

Na een paar minuten werd ik toch weer opgemerkt.

'Leuk dat je er bent, opa, wil je taart?'

Toen kwam ook de moeder van Frida eens kijken naar de oorzaak van al het rumoer op de gang.

'Meneer Groen, wat leuk dat u er bent.'

Ik geloof dat ze het meende.

Even later zat ik met de moeder van Frida aan een groot stuk taart, terwijl Juffrouw Jansen iets verderop de tijd van zijn leven had met al die aandacht.

Na een half uurtje vond ik dat ik wel weer kon vertrekken zonder onbeleefd te zijn. Het duurde even voor iedereen de hond gedag had gezegd, maar toen kon ik gaan.

'Zo leuk dat je er was, opa,' zei Frida en ze gaf me een enorme knuffel. Alleen die knuffel al maakte het bezoek meer dan waard. Ik kreeg ook nog twee zoenen van de moeder van Frida en toen sloeg de buitendeur dicht en stond ik weer buiten met mijn boodschappentas.

Boodschappentas?

Daar zat het cadeau nog steeds in.

Ik kon niet anders dan weer aanbellen.

Weer een hoop geschreeuw, hollende voetstappen, een deur die openging en het verbaasde hoofd van Frida.

'Ben je daar weer?'

'Ja, ik ben vergeten je mijn cadeau te geven.' Ik gaf haar de tas.

'Wie is het?' hoorde ik de moeder roepen.

'Het is opa weer. Hij was het cadeau vergeten.'

'Nou, Frida kindje, pak het binnen maar uit. Ik ga er nu gauw vandoor,' probeerde ik.

Daar was geen sprake van, ik moest weer naar binnen en kijken hoe Frida midden in de kamer mijn cadeau uitpakte: een pluchen hond die sprekend op Juffrouw Jansen leek. Nou ja, bijna sprekend.

'Zo cool!' riep Frida.

'Die is voor tot ik dood ben. Daarna komt de echte Juf,' zei ik.

Gelukkig ging dat in het geschreeuw verloren.

Maandag 9 maart

Iedereen denkt hier dat hij het heeft. En ook dat ieder ander het heeft. Elk kuchje doet de bewoners paniekerig opkijken. Wie was dat?

Als er iemand niest vluchten de omstanders uit elkaar. Heel langzaam, dat wel, want ze kunnen niet snel. Een makkie voor dat virus om ze in te halen.

Sommigen zijn woedend op de niezer. Alsof die er iets aan kan doen.

En dan de constante paniekzaaierij, de stroom van geruchten, fout geciteerde krantenberichten en onzinnige raadgevingen, ik word er gek van.

Woensdag 11 maart

De directie heeft dringend verzocht om al het bezoek af te zeggen. Dat is als een mokerslag aangekomen. Niet dat het hier zo'n storm loopt met bezoek, maar het gaat om het principe.

Meneer Blekemolen, de directeur, was afgedaald uit zijn kantoor, iets wat hij zelden doet, om de onheilstijding persoonlijk te komen brengen. Je zag hem zijn best doen rust en medeleven uit te stralen.

'Samen slaan we ons erdoorheen,' besloot hij plechtig.

Mevrouw Brioche hief na het horen van het slechte nieuws haar handen ten hemel en begon te jammeren dat het dan voor haar allemaal niet meer hoefde.

'U krijgt maar één keer in de week een half uurtje bezoek van uw zoon,' snauwde mevrouw Scholten tegen Brioche, 'mijn kinderen komen wel drie keer een uur. Dus wat klaagt u nou? Dat half uurtje visite kun je toch makkelijk missen.'

'Mens, waar bemoei je je mee? Mijn zoon moet trouwens helemaal uit Arnhem komen, dus is hij nog langer onderweg dan dat uurtje van u.'

Vrijdag 13 maart

Rutte is het met onze directie eens, zo bleek op de persconferentie: geen bezoekjes meer aan oude en kwetsbare mensen.

De minister-president had zich onlangs nogal klungelig gedragen door vlak na het uitvaardigen van het verbod op handen schudden zelf de hand van een geleerde heer naast hem te schudden.

Ik hoopte hartstochtelijk dat hij deze keer na afloop zou zeggen: 'Ik moet er helaas nu vandoor om mijn oude moedertje te bezoeken.' Maar helaas.

De verslagenheid alhier na de woorden van Rutte was groot. Tegelijkertijd gloorde er hoop, want een van de dingen die oude mensen tot mijn verbazing vrij snel onder de knie krijgen, is appen en facetimen.

Zo ongeveer alle kinderen van bewoners zijn vlak voor het ingaan van het visiteverbod langsgekomen om uit te leggen hoe dat werkt, voor zover ze dat niet al eerder hadden gedaan om het aantal visites terug te kunnen schroeven.

Er wordt hier momenteel dan ook aanmerkelijk meer geappt en gefacetimed dan gewoon gepraat. En dan ook nog met een gezicht van kijk-mij-eens-modern-zijn. De moderne communicatiemiddelen worden wel bijna uitsluitend ingezet voor het eindeloos rondpompen van paniekberichten en jammerklachten. De mensen hebben haast geen tijd meer om koekjes te eten en thee te drinken.

Een psychiater schreef dat daardoor het stresssysteem de hele dag aan blijft staan. Dat is te merken. De teentjes zijn langer dan gebruikelijk en de zenuwen staan strak.

Ik merk dat ik zwartgallig aan het worden ben.

Zaterdag 14 maart

'Wat doe je nou, Hendrik?' Leonie keek stomverbaasd.

'Ik zaag een keukenrol doormidden. Ik was een beetje laat met hamsteren. Toen ik in de supermarkt kwam was al het wc-papier op. Keukenrollen ook trouwens, maar daarvan had ik er gelukkig nog twee liggen thuis en een daarvan zaag ik nu doormidden om er twee wc-rollen van te maken.'

Er is in ons tehuis door veel bewoners flink gehamsterd: koekjes, chocolaatjes, drop, pepermunt, gebak, slagroom en drankjes als advocaat (vandaar de slagroom) en sherry. Een enkeling heeft ook zijn eigen favoriete pindakaas of hagelslag groot ingeslagen. Mevrouw Sliedrecht, die de van huis uit geserveerde pindakaas van Dirk van den Broek niet lekker vindt, heeft een hoeveelheid Calvé-pindakaas gekocht waar ze nog minstens tien jaar boterhammen mee kan smeren, in ieder geval tot ver voorbij de uiterste houdbaarheidsdatum van mevrouw Sliedrecht zelf.

Alleen het wc-papier is bij sommigen aan de aandacht ontsnapt, met als gevolg dat er nu schaarste is. Dus wordt er over het hamsteren van toiletrollen schande gesproken. Koek en snoep is natuurlijk iets heel anders.

'Nou, als het niet anders kan veeg ik net zo makkelijk met een krant mijn kont af,' zei Leonie vrolijk. 'Wel eerst lezen en dan pas vegen.'

Maandag 16 maart

Premier Rutte was weer op tv om het hele land toe te spreken vanuit zijn Torentje. Hij meldde dat deskundigen denken dat

50 à 60 procent van de Nederlandse bevolking uiteindelijk het virus oploopt.

Daarvan zou ongeveer 3 procent overlijden. Voornamelijk 65-plussers.

3 procent van 60 procent van 17 miljoen is ongeveer 300.000 dode bejaarden.

Het probleem van de vergrijzing is dan meteen een stuk minder nijpend.

Ik keek om me heen. Hoewel de paniek groot was, had ik niet de indruk dat de cijfers van onze eerste minister echt doordrongen bij mijn medebewoners. En dat is maar beter ook. Ik maak me geen zorgen. Ik weet over een paar maanden toch al nauwelijks meer dat ik leef. Corona zou dan zomaar een soort pil van Drion kunnen zijn.

De enige die ik een rekensommetje zag maken naar aanleiding van de cijfers en daarna bedenkelijk zag kijken, was mijn vriend Jojo. Jojo en ik, twee schoolmeesters in ruste, waren het trouwens over nog één ding roerend eens: Rutte heeft slappe knieën.

Twee dagen geleden betoogde hij gloedvol dat de scholen open moesten blijven. Een opvatting uit ons hart: school is belangrijk, kinderen krijgen (bijna) nooit corona en de meester verlaat als laatste het zinkende schip.

En ongelooflijk maar waar: 48 uur later zijn alle argumenten om de scholen open te houden bij het vuilnis gezet en moeten de deuren van alle scholen in Nederland op slot.

Zelfs de immer onverstoorbare Jojo liet een klein beschaafd vloekje horen: 'Verdikke, het zal toch niet waar zijn?'

Ja ja, het is gvd wel waar!

Woensdag 18 maart

Ik had wel commentaar op al die appende en facetimende medebewoners, maar sinds vandaag doe ik mee: ik skype. Hip hè? Ik skype met Frida. Een weekje geleden kwam ze met een mondkapje op binnen. Ik keek op van mijn puzzel en dacht: wat een jong zustertje.

Ik vroeg: 'Kan ik u ergens mee helpen, zuster?'

'Ik ben het, Frida.'

'Opa maakt een grapje, Frida. Wat leuk dat je er bent.'

'Ja, maar ik kom zeggen dat het voorlopig de laatste keer is. Door dat stomme virus. Mijn moeder vindt het beter geen risico te nemen met al die oude mensen.'

Ik trok mijn wenkbrauwen op.

'Nee, jij bent wel oud maar leuk oud,' troostte Frida me met een lachje. Ze weet hoe ze me om haar vinger moet winden. Ze is soms een heerlijk slijmballetje.

Toen heeft ze me leren skypen. Woensdagmiddag om twee uur moest ik klaarzitten met mijn telefoon.

Zat ik gisteren vanaf kwart voor twee te wachten met mijn telefoon. Het werd twee uur, kwart over twee, half drie, ik begon al te vloeken, toen ik opeens een helder idee kreeg: was het wel woensdag? Nee dus. Het was dinsdag.

Maar een uurtje geleden is het gelukt: gezellig even geskypet met Frida. Na een kwartier vond ze het welletjes.

'Nu ga ik even naar buiten, opa. Tot gauw. Ik skype je over twee dagen weer.'

Ik kon haar geen limonade en koekjes aanbieden om het bezoek nog wat te rekken en we konden ook niet schaken.

Maar goed, je moet niet zeuren, Groen, beter iets dan niets.

Vrijdag 20 maart

Vandaag begint de lente, zegt de weerman. Ik heb de kinderen op mijn school altijd geleerd dat de lente op 21 maart begint, maar dat klopt blijkbaar niet helemaal. Hij kan ook een dag vroeger komen. Vraag me niet hoe dat kan. Misschien wist ik het ooit maar dan nu in ieder geval niet meer. Alle kennis die ik in negentig jaar heb verzameld ben ik nu in korte tijd aan het verliezen.

Tot zover het goede nieuws.

Eerst was er alleen een dringend advies om geen bezoek te ontvangen, vanaf heden is het ook officieel verboden. VERPLEEGHUIZEN GAAN DICHT, kopt de krant. Ons tehuis was al lang dicht, dus voor mij en mijn medebewoners maakt het weinig verschil.

De laatste twee weken hadden we hier twee sterfgevallen. De directie weigerde de doodsoorzaak bekend te maken om redenen van privacy.

'Nou, dan weet je het wel. Dat is natuurlijk corona,' zei meneer Sluiter.

'Nou, dan weet je het nog niet, want ons gemiddelde zonder corona is ook ongeveer een dode per week,' bracht ik ertegen in.

'Heb je meneer Groen weer met zijn logica,' zei Sluiter.

De paar bezoekers die zich gisteren en eergisteren nog meldden kregen zo'n enorme hoeveelheid dodelijke blikken toegeworpen dat de meesten zich binnen een paar minuten weer naar buiten haastten.

Een zoon bleef een kwartiertje bij zijn vader aan de koffietafel zitten, mondkapje op, keurig op twee meter afstand van iedereen. Die vader, meneer Tromp, wordt nu door iedereen gemeden als de pest – of moet je tegenwoordig zeggen: gemeden als de corona?

Corona heeft trouwens tot nu toe wereldwijd iets van 10.000 dodelijke slachtoffers gemaakt. De pest in de veertiende eeuw een geschatte 75 miljoen. Dus ongeveer 7500 keer zo veel. Over het percentage van de wereldbevolking heb ik het dan nog niet eens, want we zijn nu met beduidend meer dan zeven eeuwen geleden. Dus laten we het toch maar bij 'mijden als de pest' houden. Het kan natuurlijk zijn dat corona de pest nog inhaalt, maar dat lijkt me een theoretische mogelijkheid.

Zaterdag 21 maart

Het was gisteravond een hoop gedoe met het verschuiven van tafels en stoelen, maar uiteindelijk zaten de meeste bewoners op een onderlinge afstand van anderhalve meter voor de grote televisie in de recreatiezaal. Klaar voor de koning. Sommige bewoners hadden zelfs voor de televisiekoning hun zondagse kleren aangetrokken.

Hij sprak ernstig en leek oprecht bezorgd. Maar ik zelf blijf hem altijd een beetje een onnatuurlijke spreker vinden. Alsof zijn boordje te strak zit.

Opeens doen we alles samen en voor elkaar. De koning, de minister-president, de presentatoren van praatprogramma's, elke bekende Nederlander die met zijn snuit op tv komt, in advertenties van Jan en alleman, iedereen roept op tot saamhorigheid en respect voor elkaar. Wat een pandemie van hypocrisie.

Eerst jarenlang grof bezuinigen op de zorg, tehuizen sluiten, oudjes laten verkommeren, zorgpersoneel overbelasten en onderbetalen en dan nu opeens allemaal met schijnheilige smoelen staan klappen op het balkon voor de dappere helden van de zorg.

Het gaat opeens snel met mijn bij-de-tijd-blijven. Ik kan nu niet alleen skypen maar ook appen. Geleerd van Frida. Appen was volgens haar veel handiger om af te spreken op het strand om de hond uit te laten. Al skypend heeft ze laten zien hoe het moest. Ik krijg er zowaar lol in. Al is een mens tegenover je toch beter dan een scherm of telefoon.

Wat betreft het verplicht binnenblijven en het uitlaten van de hond: ik doe net of mijn neus bloedt en wandel rustig met Juffrouw Jansen naar buiten. Ik groet de portier en hij groet terug.

Zondag 22 maart

'Het lijkt wel oorlog,' zei de kogelronde mevrouw De Nijs.

'O ja?' informeerde Leonie belangstellend. 'At u in de oorlog dan ook elke dag een halve rol koek bij de thee?'

'Nee, natuurlijk niet. Maar ik bedoel... nou ja... qua alles.'

'Ja, qua alles kon u daar wel eens gelijk in hebben. Behalve dan dat we volop te eten hebben en dat het geen oorlog is.'

'Maar we moeten wel binnenblijven,' droeg mevrouw Verkley haar steentje bij aan de discussie.

'Maar dat hoefde in de oorlog dan weer niet,' zei De Nijs.

'De Joden wel. Die konden maar beter binnenblijven,' bracht Verkley daar weer tegen in.

Leonie zuchtte diep en keek me aan voor steun.

Ik had deze surrealistische discussie maar half gevolgd. Zoals ik zo veel maar half volg, de laatste tijd. Ik kan mijn oude kop er niet meer bij houden en daarbij: er wordt zo veel onzin uitgekraamd hier dat ik me er alleen maar aan erger als ik de conversatie volg. Mijn vader zei altijd: '*Nicht ärgern, nur wundern*', maar dat lukt me niet. Ik heb het een leven lang geprobeerd, maar ik heb me altijd veel meer geërgerd dan verwonderd. De laatste tijd vooral aan mevrouw De Nijs, die elke dag grotere onzin uitkraamt en élke dag zegt dat ze een volle nicht is van Rob de Nijs.

'Een volle nicht hè, niet aangetrouwd of zo!' voegt ze er nog aan toe.

'Jij hebt anders geen spleetje tussen je tanden,' merkte mevrouw Alberts laatst op.

'Maar ik kan wel mooi zingen,' zei De Nijs en ze hief vervolgens een lied van Ramses Shaffy aan: 'Zing, vecht, huil, bid, kook, werk en bewonder.'

'Kook hoort er niet bij,' zei Verkley.

'Ik kook nou eenmaal graag,' verdedigde De Nijs zich.

'Het is "lach". Lach, werk en bewonder,' hield Verkley voet bij stuk.

'Dan lacht u toch lekker zelf. Ik kook liever.'

Vind je het gek dat ik soms afhaak?

Maandag 23 maart

Lidy had van de nood een deugd gemaakt en een nieuwe workshop bedacht: zelf mondkapjes maken.

Lidy keek even heel sip toen de belangstelling wat tegenviel: er waren maar vier mensen komen opdagen. Ze slikte haar teleurstelling weg en ging daarna als altijd met veel enthousiasme aan de slag. Met ijzerdraad, postelastieken, oude linnen servetten en textiellijm werden enigszins onorthodoxe kapjes in elkaar geknutseld.

Trots als een pauw liepen de deelnemers na afloop van het knutseluurtje met hun mondkapje op naar de eetzaal voor de middagthee.

Daar werden ze toch met enige jaloezie bekeken door de paar overgebleven bewoners die de eetzaal niet mijden. De bewoners ontlopen elkaar meer en meer.

De bewonerscommissie had de directie vorige week gevraagd om mondkapjes voor alle bewoners, maar dat verzoek had meneer Blekemolen niet kunnen inwilligen. Ze waren simpelweg overal uitverkocht. Dat zorgde voor veel jammerklachten over de directeur die de bewoners aan hun lot overliet. Bij gebrek aan kapjes liepen nu veel dames rond met een sjaal voor hun mond en neus. Sommigen droegen daarbij ook nog gele of roze plastic keukenhandschoenen.

'Het lijkt wel carnaval,' zei mevrouw Schuttevaar vrolijk. Op veel bijval hoefde ze niet te rekenen, alleen mevrouw De Nijs zag gelegenheid haar zangstem weer even te etaleren en zette de carnavalskraker 'Bloemetjesgordijn' in.

Boze blikken. Overal de hele dag boze blikken. Verzorgingshuis De Boze Blik.

Heel het land leeft mee met de oude, kwetsbare medemens. En heel het land staat als één man/vrouw achter de helden van de zorg. Iedereen heeft alles over voor de zwakke ouderen en het zorgpersoneel. Nederland gaat op slot, dan maar de economie naar de knoppen.

Eén klein maar niet onbelangrijk dingetje: het duurt nu al weken en nog steeds is er voor zorgpersoneel en kwetsbare ouderen geen enkel fatsoenlijk mondkapje beschikbaar.

Meneer Jojo sprak: ‘Als we naar de maan kunnen, moet het toch mogelijk zijn om genoeg mondkapjes te fabriceren.’

Ik hoorde een deskundige vertellen dat voor de verzorging van een coronapatiënt op de ic zes mondkapjes per uur nodig zijn. Kunnen we niet alvast wat tweedehandsjes van de ic krijgen? Ze kunnen vast wel in de kookwas.

Woensdag 25 maart

Ik vond vroeger de taalles het leukst om te geven. Mijn vriend en collega-schoolmeester Jojo hield meer van rekenen. Hij is een cijferman. Ik vroeg mij gisteren bij de koffie af wat door de jaren heen de dodelijkste ziekte was geweest. Hij beloofde dat uit te gaan zoeken en had vandaag al de cijfers op een rij.

Doden wereldwijd (niet-gecontroleerde cijfers)*

De pest (14e eeuw)	75.000.000
Spaanse griep (1918-1920)	20.000.000-100.000.000**
Aids (van begin tot heden)	32.000.000
Luchtvervuiling (per jaar)	8.000.000
Roken (per jaar)	7.000.000
Diabetes (per jaar)	4.000.000
Obesitas (per jaar)	1.600.000
Verkeer (per jaar)	1.300.000
Hongkonggriep (1968-1969)	700.000-1.000.000
Zelfmoord (2015)	830.000
Aids (2018)	770.000
Malaria (per jaar)	600.000
Drugs en medicijnen (per jaar)	585.000

Gewone griep (per jaar)	300.000-650.000
Oorlog (2018)	50.000
Corona (tot 25 maart 2020)	**22.000** ***
Ebola (2014-2016)	12.000
Sars (totaal)	800

* Er zijn hier en daar ongetwijfeld dubbeltellingen bij.

** Een opvallend ruwe schatting met een verschil van 80.000.000.

*** Het aantal doden door corona zal nog wel flink stijgen.

Opmerkelijk maar nog niet vaak opgemerkt: de luchtvervuiling is, met name in sommige delen van China, aanzienlijk afgenomen. Het is mogelijk dat de afname van het aantal doden door minder luchtvervuiling in China groter is dan de toename van het aantal doden door corona.

Ik was zeer onder de indruk van Jojo's cijferwerk en ik was verbaasd over de lage plek van corona. Over geen enkele van alle andere doodsoorzaken maken we ons ook maar in de verre verste verte zo druk als over corona.

Meneer Jojo zei alleen maar hoofdschuddend: 'Mensen kunnen niet met cijfers omgaan. Ze zien geen verbanden en geen verhoudingen.'

Donderdag 26 maart

'Ik heb gelezen dat je beter geen vleermuizen of rauwe gordeldieren kunt eten,' zei mevrouw Stakebeek.

'Ik zal het tegen de kok zeggen,' zei Leonie. 'Ik hield gelukkig toch al niet zo van vleermuizen. Ik kreeg er altijd een beetje het zuur van.'

Mevrouw Stakebeek keek wantrouwig. 'Ik heb dat niet zelf bedacht hoor, dat schreef een psychiater in de krant.'

Ik ontplofte. 'Mens, dat was een grápje! Hoe dom kun je zijn! Ik heb het artikel ook gelezen: dat was een grapje van die psychiater. Wij eten toch verdomme nooit vleermuizen.'

Stakebeek kromp helemaal in elkaar.

Leonie keek me verbaasd aan. 'Hendrik toch...'

Ik was verbaasd dat zij verbaasd was.

Later op mijn kamer zei ze dat ik de laatste tijd zo opvliegend ben.

Misschien heeft ze gelijk.

Vrijdag 27 maart

'Longontsteking is de vriend van ouderen.' Dat schijnt ene Sir William Osler aan het begin van de vorige eeuw gezegd te hebben, omdat longontsteking zorgt voor een snelle, pijnloze dood. Corona is wel snel, maar minder pijnloos, heb ik begrepen. Al denk ik dat dat met een flinke spuit morfine op te lossen moet zijn. Ik heb tenminste nog nergens gelezen dat er een tekort aan morfine is.

Oude mensen gaan uiteindelijk ergens aan dood. Ik vind dat je dat mag zeggen als je zelf negentig bent en een beetje dement, zonder dat de halve hypocriete wereld meteen over je heen valt.

Maar ik ben een roepende in de woestijn.

De supermarkt iets verderop in de straat heeft een bejaardenuurtje ingesteld. Dan kunnen de risicogroepen veilig boodschapjes doen. Dat uurtje is verdomme wel van zeven tot acht uur 's morgens. Bedankt, maar dan slaap ik nog. Ging ik om half twaalf winkelen, dan werd ik door sommige mensen kwaad aangekeken met een blik van 'Wat doet u hier buiten de bejaardentijd?'.

Bijna niemand hier in huis gaat trouwens nog de deur uit. Ik wel. Heerlijk een blokje om met Juffrouw Jansen. Gezellig arm in arm met Leonie. Het strand is nog nooit zo rustig geweest, dus daar zullen we niet snel besmet raken. Officieel mag het geloof ik niet, maar niemand houdt ons tegen als we het tehuis uit wandelen.

'Als we gaan, dan gaan we samen, Hendrik,' zei ze.

'Misschien een duo-armbandje laten maken?' opperde ik. 'Reanimeer ons niet.'

Zaterdag 28 maart

Belangrijke dag

Ik heb eergisteren na lang aarzelen aan Leonie gevraagd of ze me wil helpen met mijn dagboek.

Ze keek me verbaasd aan.

Ik heb uitgelegd dat ik steeds onsamenhangender schrijf, mijn eigen zinnen soms niet meer snap en vast en zeker heel veel fouten maak, maar dat ik mijn dagboek wel graag zo lang mogelijk wil blijven bijhouden.

'Nou Hendrik, daar overval je me een beetje mee.'

'Je mag nee zeggen, hoor.'

'Nee, nee, ik vind het juist een eer. Alleen was ik niet zo'n ster vroeger met spelling en zo.'

'Dat doet de computer voor het grootste deel. Het gaat vooral om de inhoud. Jij kent me goed en weet tegenwoordig vaak beter wat ik bedoel dan ikzelf.'

Ze stemde aarzelend in.

'Ik wil het wel proberen, Hendrik.'

Ik heb haar daarna meteen mijn dagboek gemaild. Daarbij moest ze me al een handje helpen, want ik wist niet meer precies hoe dat moest.

Vanmorgen kwam ze op de koffie. Ze had het grootste deel al gelezen. Ik was zenuwachtig. Wat zou ze ervan vinden?

'In één woord: prachtig, Hendrik.'

Diepe zucht van mijn kant.

'Maar er zitten inderdaad wel aardig wat fouten en onduidelijkheden in. Vooral naar het einde toe wordt het soms wat onsamenhangend.' Ze was meteen begonnen met nakijken. Bij de eerste dagen had ze al wat vraagtekens en uitroeptekens gezet.

We hebben afgesproken dat ze de vrije hand krijgt om er een leesbaar geheel van te maken.

'Dan wil ik wel zo eens in de paar dagen even dagboekoverleg met je. Kan ik vragen wat je bedoelt met sommige dingen.'

'Ik hoop dat ik dat dan weet. Zo niet, dan is het maar zo. Dan laten we het gewoon staan zoals het er staat. Het is zoals het is. Het wordt zoals ik word.'

Ik ben blij en opgelucht.

Maandag 30 maart

'Ze' noemen het een *lockdown*, maar eigenlijk zou het in verpleeg- en bejaardenhuizen natuurlijk eenzame opsluiting moeten heten. Daar moet je normaal gesproken minstens een dubbele moord voor plegen, maar in ons geval is het voldoende om te zeggen dat het voor onze eigen bestwil is.

Ik ben de zusters en de portier van ons huis heel dankbaar dat ze ons stilzwijgend een stukje zelfbeschikkingsrecht laten.

Woensdag 1 april

Gisteren was er een persconferentie van Rutte met een nieuwe minister wiens naam ik vergeten ben. Hij vervangt een andere minister, wiens naam ik ook vergeten ben, die overspannen is geraakt van die hele coronaheisa. Tussen de twee mannen in stond gebarentolk Irma, die inmiddels een beroemdheid schijnt te zijn. Ik werd vooral enorm door haar afgeleid, omdat ik steeds probeerde te kijken wat voor gebaren ze gebruikte voor sommige woorden. Ik raakte daardoor de draad van het verhaal voortdurend kwijt.

Ik geloof niet dat ik veel heb gemist.

Het was bijna leeg in de conversatiezaal met de grote tv. De mensen zijn bang voor elkaar. Bang voor een ellendige coronadood. Ze kijken op hun eigen kamertje naar hun corona-tv, lezen hun coronakrantje, luisteren naar hun coronaradio en appen elkaar de godganse dag alle horrorverhalen door die ze daar gezien, gelezen en gehoord hebben. Zo vermenigvuldigt de ellende zich keer op keer.

Ik doe tegenwoordig nog maar een kwartiertje over de krant.

Ik lees de koppen en sla alle berichten over corona over. Met alleen de koppen blijf je voldoende op de hoogte.

De directie heeft zelfs besloten dat de hele prachtige lentemaand april de mooie tuin van ons huis op slot blijft. God mag weten waar dat goed voor is.

Ik denk met weemoed terug aan ons tehuis in Amsterdam-Noord op de eerste mooie lentedagen. Dan verdrongen de bewoners zich opgewonden voor de deur naar de tuin, als koeien die weer de wei in mogen, en als de zuster dan de deur had opengemaakt, volgde een wedstrijd naar de bankjes in de zon. Wie te laat was kon niet zitten. Ze zouden nog hun wandelstok tussen je benen steken om te winnen.

Ik word er vaak op aangekeken dat ik nog ga wandelen met de hond.

'Moet ik hem dan in mijn kamer laten schijten?' vraag ik dan heel vriendelijk als er weer iemand vanaf een afstandje hoofdschuddend naar me staat te kijken.

Dan doen ze alsof ze me niet gehoord hebben, of ik krijg een grote bek terug.

'Samen krijgen we corona eronder' hoor je overal, maar ik moet toch vaak denken aan de Haagse heren Jacobse en Van Es en hun lijfspreuk: 'Samen voor ons eigen'. Net even wat anders en o zo toepasselijk op dit moment.

Donderdag 2 april

Mevrouw Sliedrecht is een rare. Ze ging gisteren vlak naast mevrouw Scholten staan en fluisterde in haar oor: 'Ik heb corona. Net gehoord.'

Scholten maakte voor haar doen een recordsprong opzij.

'Ga weg!' krijste ze. 'Ga weg!'

'1 april!' riep Sliedrecht triomfantelijk.

Scholten was woest. 'Dat is toch geen grap!'

'Het is ook geen grap, ik heb het echt,' zei Sliedrecht nu weer heel serieus.

Scholten riep in paniek om een zuster.

'Nee, hoor, toch 1 april,' zei Sliedrecht en ze schuifelde weg, de gang in, de paar mensen in de conversatiezaal in verbijstering achterlatend.

'Ik hoop dat je het vandaag nog krijgt!' schreeuwde mevrouw Scholten haar achterna.

'Ze is knettergek geworden,' constateerde mevrouw Alberts.

Meneer Jojo had het hele gebeuren glimlachend gadegeslagen. Ikzelf was toch een beetje van mijn stuk.

Leonie kwam net terug van de wc. 'Heb ik iets gemist?'

Vrijdag 3 april

'Papa kijk, papa kijk dan.'

Aafke sloeg met haar platte handjes op het zeepsop op het badwater. Het schuim spatte omhoog.

'Papa kijkt al, schat.'

Op zaterdag ging ze altijd in de tobbe. Een ouderwetse badkamer met een granieten tobbe.

'Niet de levertraan vergeten, hoor!' riep mijn vrouw altijd van beneden. Dan keek ik Aafke samenzweerderig aan en gaf haar een vette knipoog. Zij gaf een knipoog terug. Met twee ogen dicht.

'Nee, hoor, vergeten we niet!' riep ik terug.

Aafke gruwde van levertraan. Elke zaterdag, terwijl ze nog in bad zat, ging de volle lepel levertraan richting haar mond, maakte vlak voor aankomst een grote bocht en verdween in mijn eigen mond. Dan trok ik een heel vies gezicht en legden we allebei onze wijsvinger op onze lippen.

'Niks tegen mama zeggen,' fluisterde ze.

Het badritueel eindigde met een storm op zee. Met onze handen maakten we hoge golven, die een beetje over de rand van de tobbe gingen.

'Oei, de boot vergaat, snel, je moet er nu uit.'

Dan strekte ze haar armpjes naar me uit en tilde ik haar uit bad.

'Meneer Groen, wat doet u nu?'

De zuster kwam haastig binnenlopen. Ik stond in gedachten voor mijn aanrecht met mijn handen in het afwaswater te roeren, met de kraan vol open. Het vaatdoekje verstopte de afvoer, het water liep over de rand, op de grond onder de deur door, de gang op.

Zaterdag 4 april

In deze barre tijden mis ik mijn goede vriend Evert meer dan ooit.

Ik denk dat hij met betrekking tot corona het volgende gezegd zou hebben: 'Beste mensen, dood hout moet zo af en toe gesnoeid worden. Dat is de natuur. En als ik zo om me heen kijk, had de tuinman best wat eerder mogen komen.'

Dan had hij de woede en de hoon van de hele gemeenschap onverstoorbaar over zich heen laten komen. En ik had zachtjes gegniffeld. Precies het goede woord: gniffelen. De klank past mooi bij wat het betekent.

Of misschien had Evert de oude zieke Eskimo's ten voorbeeld gesteld. Die wandelen, als hun tijd gekomen is, de iglo uit, de sneeuwstorm in, om nooit meer terug te keren. Ik weet niet of het waar is maar het is een mooi verhaal.

Zelf stapte hij ook uit het leven toen hij vond dat het mooi geweest was.

Er is veel te doen over een dreigend tekort aan intensivecarebedden. Wie te ziek of te oud is, zou er geweigerd kunnen gaan worden. Ik maak mij daarover geen zorgen: als ik corona krijg wil ik absoluut niet naar de intensive care. Ik heb al jaren een reanimeer-mij-niet-bandje om, maar ik moet eigenlijk nog een tweede bandje dragen met daarop: 'intensive-care-mij-niet'. Voor de zekerheid, want het is natuurlijk stilzwijgend al een beetje de praktijk om ernstig zieke hoogbejaarden niet nog een paar diep ellendige weken of maanden langer te laten vegeteren aan de beademing. Daar loopt geen dokter mee te koop, omdat nog steeds veel mensen luid verkondigen dat dat heel erg respectloos is en dat ieder leven telt. Maar ik zou het, wat mijzelf betreft, pas echt respectloos vinden als ze mij nog weken met kunst- en vliegwerk in leven zouden houden, terwijl ik in die omstandigheden het liefst gewoon dood wil.

Ik heb toch maar het zekere voor het onzekere genomen. Ik heb een dik postelastiek gepakt en daar 'intensive-care-mij-niet' op geschreven. Het is een beetje moeilijk leesbaar, want het viel niet mee om met vulpen op zo'n dik elastiek te schrijven. Ik draag hem nu om mijn pols.

Zondag 5 april

'Ik hoop dat Onze-Lieve-Heer me nu maar eens komt halen,' verzuchtte mevrouw Hemelaar voor de tiende keer deze week, en vervolgens nam ze een flinke hap van haar moorkop.

Ik kon het niet langer aanhoren en stelde voor dat ze zich dan maar zonder mondkapje naar de overvolle intensive care van het dichtstbijzijnde ziekenhuis moest begeven.

'Ja, misschien moet u Onze-Lieve-Heer maar eens een handje helpen,' vulde Leonie aan.

Hemelaar keek ons vernietigend aan. Zo veel haast was er blijkbaar nou ook weer niet.

Ze nam nog een hap. Er viel een klodder slagroom op haar enorme boezem.

Naar nu pas bekend is geworden, heeft het coronavirus niet alleen een voorkeur voor oude mensen, maar ook voor dikke mensen. Dat wisten de kenners al een tijdje, maar dat werd blijkbaar onder de medische pet gehouden. Misschien om dikke mensen niet bang te maken, omdat die het toch al niet makkelijk hebben? Om te voorkomen dat dunne mensen zeggen: eigen schuld, dikke bult?

Alsof niet vroeg of laat uit zou komen dat het coronavirus van buikvet houdt.

Dinsdag 7 april

'Er zijn bij de bosbranden in Australië achtduizend koalabeertjes omgekomen. Dat vind ik misschien nog wel erger dan achtduizend coronadoden.' Mevrouw Kamstra veegde na deze mededeling voorzichtig een niet-bestaande traan weg.

'Vanwaar dat "misschien"?' vroeg de zuster.

'Nou, dat hangt een beetje af van wie er doodgaat.'

De zuster had er plezier in. 'Vindt u meneer Groen bijvoorbeeld belangrijker dan een koalabeer?' Ze wees op mij.

'Ja, meneer Groen is wel belangrijker,' zei Kamstra na enig nadenken.

'Hartelijk dank,' antwoordde ik.

Meneer Jojo bemoeide zich er glimlachend mee. 'Is meneer Groen ook belangrijker dan twee koala's?'

Daar wilde Kamstra geen antwoord op geven. Vermoedelijk ben ik voor haar ongeveer anderhalve koala waard.

Ik had een verzoek ingediend bij de begraafplaats waar Evert begraven ligt en het antwoord is binnen. Samengevat: het hangt er een beetje van af wanneer ik doodga, maar er is geen plek op hetzelfde veldje als mijn vriend. Wel vlak in de buurt.

Maar garanderen konden ze niets.

Omdat ik over een tijdje niet meer kan kiezen ga ik vanmiddag nog een keer zelf kijken en dan neem ik wat foto's voor in de map 'laatste wensen'. Het zal er wel op neerkomen dat ik mijn telefoon zelf in die map moet doen, want ik zou niet weten hoe ik foto's van mijn telefoon op papier moet krijgen. Vroeger bracht je gewoon je rolletje weg, maar ik geloof niet dat je je telefoon weg kunt brengen.

Leonie wil niet mee.

'Ik krijg de rillingen als ik eraan denk om jouw graf uit te zoeken, Hendrik.'

Nu kan ze mooi op de hond passen.

Woensdag 8 april

Het was een mooie lentedag. Doodstil in bus en trein, dat moet het coronavirus zijn.

In de bus hoefde ik geen kaartje te kopen van de chauffeur. Het was hem te veel gedoe of hij was bang dat ik hem zou besmetten. Hij was helemaal afgeschermd met rood-witte linten.

Heb ik dat kaartje voor de trein ook maar laten zitten en op het Centraal Station heb ik een mevrouw met een grote koffer gevraagd of ik mee mocht glippen door de poortjes. Ze keek me een beetje raar aan maar deed niet moeilijk. Ik word steeds brutaler. Daar geniet ik erg van.

Ik heb Evert bijgepraat over al het gedoe met c.

'God, Henkie, dat jij dat allemaal nog mag meemaken. Ik had graag samen met jou de boel een beetje op stelten gezet, dat weet je, maar helaas, ik kan hier niet weg.'

We hebben daarna een rondje gelopen op het veldje waar nog plaats was en een lijstje gemaakt met vier plekken waar ik wel wil liggen. Van elk heb ik een foto gemaakt. Tenminste, dat heeft een mevrouw die daar op een bankje zat voor me gedaan. Dan kon ik er zelf bij staan op de foto. Vond ik wel grappig. Misschien voor op de kist?

Later bedacht ik opeens dat Evert zijn been er weer aan zat. Dat kan toch niet?

Ik weet niet meer precies hoe ik ben thuisgekomen, maar het is me gelukt.

Juffrouw Jansen kwispelde zijn staart er bijna af en Leonie slaakte een zucht van verlichting toen ik haar kamer binnenkwam.

Ze is overbezorgd, dat is nergens voor nodig. Ik red me heus wel.

Donderdag 9 april

Er zijn veel doden gevallen in een Joods verpleegtehuis in Amsterdam.

Ze hadden daar pas nog een of ander Joods feest gevierd met veel bezoek en dus, klonk het hier tussen de regels van de commentaren door, was het ook een béétje hun eigen schuld.

Ik wil helemaal niet meer over dat ellendige corona schrijven, en er ook niet over praten trouwens. Ik heb Leonie en Jojo voorgesteld om onze tafel in de conversatiezaal uit te roepen tot coronavrije tafel. Dat leek ze wel een goed idee.

Ik heb godzijdank Juffrouw Jansen. Met hem praat ik het allermeest en we hebben het nooit over corona.

Met Leonie praat ik na de hond het meest. We proberen het c-onderwerp te mijden maar je wordt er soms ongemerkt in meegezogen. Overal bordjes en afzetlinten en mensen die in een boog om je heen lopen. Het valt niet mee om er dan uit alle macht niet aan te denken.

Leonie en ik gaan ondanks het dringende advies binnen te blijven elke dag met Juffrouw Jansen naar het strand.

Als we langs de portier lopen wijzen we op de hond. Gelukkig doet de portier niet moeilijk. Hij geeft een knipoog en kijkt overdreven een andere kant op. Het hoofd van de afdeling moet er welhaast van weten maar knijpt waarschijnlijk ook zo lang mogelijk een oogje dicht.

Twee of drie keer per week spreek ik via WhatsApp met Frida af. Dan staat ze op de hoek van de straat te wachten en rent naar ons toe als ze ons ziet. Vervolgens vallen Frida en de hond in elkaars armen en poten en doen ze samen een schattig dansje. Leonie en ik staan dan keer op keer krampachtig de tranen van ontroering weg te knipperen.

Als ze uitgedanst zijn krijgen wij van Frida een air-high-five en een lucht-hug.

Op het strand rennen hond en invalbaasje achter elkaar aan tot ze omvallen. Wij lopen heel langzaam arm in arm gelukkig te zijn.

Vrijdag 10 april

De krant kopt: MILJARDEN STAATSSTEUN OM KLM-AIR FRANCE TE REDDEN.

Mijn mond viel open van verbazing. Gaan we nou als eerste de KLM helpen? Zouden we niet eerst eens alle bezuinigingen op de zorg ongedaan maken? Of de cultuursector steunen? Of de kleine middenstander? Maar nee: vervuilende, geen kerosinebelasting betalende, rijke KLM-passagiers moeten kunnen vliegen.

En hoe hondsbrutaal kun je zijn: er was ook nog even sprake van een forse salarisverhoging voor de KLM-baas. Want 'dat proces was al vóór de coronamaatregelen in gang gezet'. En dan kun je niet meer terug natuurlijk, dat spreekt vanzelf.

Ik ben begonnen met een lijstje op te stellen van eisen en wensen voor als ik op de dementenafdeling van het verpleegtehuis beland. Voor het geval de oude Hendrik, diep in mij verstopt, zich dan toch nog kan ergeren of juist van iets kan genieten.

Boven aan de eisenlijst: géén cliniclowns!

Die komen namelijk ook bij dementen. Ik dacht altijd dat cliniclowns vrijwilligers waren, maar nu zag ik kortgeleden in een staatje in de krant (uitgeknipt en opgeplakt) dat een senior cliniclown een kleine 1300 euro méér verdient dan een verpleegkundige op mbo-niveau. Wat een belediging voor de verpleegkundige!

Ik zet bij deze eis als opmerking: 'Het risico bestaat dat ik in de onschuld van mijn dementie de cliniclown wurg met zijn eigen bretels.'

Eerste op mijn wensenlijst: troostdieren.

De mobiele knuffelboerderij van de Swiffers Hoeve brengt op verzoek een stuk of vijfentwintig dieren langs die door de oudjes geaaid en geknuffeld mogen worden. Tot de boerderijgasten behoren niet alleen klassieke knuffeldieren als konijnen, cavia's en geitjes, maar ook een enkel varkentje, hopelijk met modder, en, verrassend, kippen en ganzen. Hou die laatsten maar een beetje uit mijn buurt, want beesten met snavels vertrouw ik niet.

Toen ik een kind was heeft een kip ooit een ster in mijn brillenglas gepikt. Nog een geluk dat ik een bril ophad, anders had ik de rest van mijn leven met een lapje voor mijn oog gelopen. Ter verdediging van de kip moet ik zeggen dat ik hem aan één vleugel had opgetild.

Ik heb in mijn belangrijke-papierenmap een envelop gedaan met tweehonderd euro voor Nokkie Zalm, de onbezoldigde penningmeester van de Swiffers Hoeve, als aanmoediging om langs te komen met zijn knuffeldieren.

Zaterdag 11 april

Als bovenmeester had je vroeger gewoon een eigen klas. In mijn geval altijd de zesde. Ik gaf alle lessen: rekenen, taal en topografie, maar ook gymles, muziek en handenarbeid. Gym vond ik het leukst om te geven. Ik doe nu nog steeds zelf sommige oefeningen die ik vroeger mijn leerlingen liet doen. Jammer genoeg kun je in je eentje niet trefballen, dat was mijn favoriete spel. Of apenkooien.

Er was in mijn tijd gelukkig nog geen woud van regels en procedures en administratieve verplichtingen. Ik kon gewoon mijn werk doen. Ik had ook geen last van een bestuur dat nog nooit voor een klas heeft gestaan. Ook heb ik nooit online les hoeven geven, zoals de juffen en meesters nu moeten doen. Vroeger was alles beter.

Was getekend: meester Groen.

Dinsdag 14 april

Ik kwam vanmorgen de eetzaal binnen: helemaal niemand, alleen de Turkse schoonmaker. Die keek vreemd op.

'Goedmorgen meneer, is vroeg hè?'

Ik keek op de klok aan de muur: kwart over zes. Wat deed ik hier in godsnaam zo vroeg?

'Ik was geloof ik aan het slaapwandelen,' zei ik na enig aarzelen tegen hem.

'Wat?'

'Slaapwandelen.'

Ik deed het voor zoals je het in een tekenfilm ziet: met mijn ogen dicht en mijn armen voor me uitgestrekt liep ik een paar passen vooruit.

Tegen een tafel aan.

Ik geloof dat de schoonmaker het begreep; hij moest in ieder geval lachen en klopte me op mijn schouder. Eindelijk eens iemand die normaal deed en niet op twee meter afstand bleef. Ik gaf een schouderklopje terug. Dat gewoon doen zo prettig kan zijn.

'Ik ga weer naar bed. Bed. Slapen.' Ik maakte het gebaar voor slapengaan.

Hij knikte.

'Slapen lekker, meneer.'

Bij de deur zwaaide ik even. Hij zwaaide terug.

Woensdag 15 april

Ik ben zo benieuwd wat voor soort demente man ik ga worden. Jammer genoeg zal ik het nooit weten. Er zijn wel al een paar mensen geweest die zeiden dat ik de laatste tijd wat bot ben. Minder braaf. Op de valreep word ik dan toch wat ik mijn hele leven had willen zijn. Niet zo'n voorzichtige brave hendrik die het altijd iedereen naar de zin wil maken, maar iemand die durft te zeggen waar het op staat.

'U vloekt tegenwoordig wel veel,' zei de leuke zuster enige tijd geleden. Ik had bij het opstaan uit mijn stoel mijn kleine teen gestoten aan de tafelpoot en een flinke rij godvers laten ontsnappen. 'Maar,' zei ze, 'als je je kleine teen stoot dan mag het hoor. Dat doet zó'n zeer.'

Toen moesten we samen lachen.

Ik vloek meer, maar ik lach ook meer. Ik heb met Frida al een paar keer de slappe lach gehad. Bijvoorbeeld toen op het strand bleek dat ik mijn broek binnenstebuiten aanhad en de zakken ook nog vol bleken te zitten met snoepjes. Die hebben we allemaal opgegeten.

Leonie heeft het hele dagboek gelezen en nagekeken. Ze vond het ontzettend leuk werk.

'Ik heb wel wat dingetjes veranderd. Soms klopte het niet helemaal. En af en toe klopte het helemaal niet.'

Daarna heeft ze een stukje voorgelezen waarin ze het een en ander had gewijzigd.

Een vreemde gewaarwording: te horen voorlezen wat je onlangs zelf hebt opgeschreven maar voor een deel ook alweer bent vergeten.

'Best leuk geschreven, al zeg ik het zelf,' zei ik tegen Leonie en ze was het met me eens.

We hebben besloten zo lang mogelijk samen door te schrijven.

Later op de dag heb ik zelf nog een aardig stuk in mijn dagboek gelezen. Toen kwamen er gelukkig weer heel wat herinneringen boven.

Vrijdag 17 april

Ik was bij de geriater voor een controlebezoek. Hij was, zoals altijd, open en eerlijk.

'Wat betreft dementie en alzheimer ben ik er helaas niet om mensen beter te maken, ik kan hooguit proberen om de mensen die niet meer beter worden nog een paar acceptabele jaren te geven. Of maanden.'

'Nou, dat eerste is duidelijk,' zei ik, 'en wat betreft het tweede deel: wat voor middelen staan er tot uw beschikking om die acceptabele tijd voor elkaar te krijgen?'

'Misschien hoef ik niets te doen, en wordt u gewoon een gezellige demente. Dat is moeilijk te voorspellen. Maar als u woedeaanvallen of huilbuien krijgt, dan onderdrukken we die meestal tamelijk succesvol met een cocktail van valium en Largactil.'

Ik heb hem gevraagd of hij niet eerst cocktails met veel drank erin op me wilde uitproberen.

'Bijvoorbeeld een Tequila Sunrise of een Sex on the Beach.'

Waar ik dat toch opeens vandaan haalde, ik weet het niet. Nooit gedronken. Maar ik heb het opgezocht: het zijn beroemde cocktails, al weet ik nu al niet meer wat erin zit.

De geriater vond het heel grappig en beloofde me dat hij deze drankjes zou proberen, mocht ik heel boos of verdrietig zijn.

'Wel stiekem, meneer Groen, want deze medicijnen horen thuis bij de alternatieve geneeskunde en daar doet de verzekering moeilijk over.'

'Fuck de verzekering. En neem er zelf ook een.'

Ja, dat heb ik toen gezegd. We moesten allebei heel hard lachen.

Zondag 19 april

De coronavrije tafel is mislukt.

Vroeger in Amsterdam-Noord hadden we met Omanido een ziekteloze tafel ingesteld. Daar mocht je niet over ziektes en ellende praten. Evert was van de handhaving. Als iemand per ongeluk begon over een opkomend hoofdpijntje, dan was hij er als de kippen bij.

'Doe mij maar een tompouce. Of nee, doe toch maar een rood wijntje,' zei Evert dan uit het niets. Dan wist iedereen dat iemand had gezondigd.

De sanctie op een overtreding was namelijk trakteren.

In het begin konden we alle taartjes en glaasjes bijna niet op, zo vaak ging er iemand in de fout. Het was de macht der gewoonte. Toen we eenmaal een beetje gewend waren niet te mogen klagen over lichamelijk ongemak ging het beter.

Wel ging Evert soms heel onverwacht zelf aan een tafeltje verderop zitten, riep daarvandaan dat hij enorme jeuk aan zijn poeperd had, kwam weer terug aan onze tafel en begon ongegeneerd aan zijn kont te krabben.

Een traktatie eisen had geen zin.

'Ik zat bij het klagen niet aan de ziekteloze tafel,' was het verweer van Evert.

Ik moet eerlijk zeggen dat ik niet zeker weet of ik die traktaties er nu bij heb verzonnen.

Maar de coronavrije tafel, de tafel waar Leonie, meneer Jojo en ik meestal zitten, is er dus niet gekomen. Het mislukte volkomen. Het had traktaties moeten regenen. De taart zou ons de neus uit zijn gekomen.

Het gaat vanzelf. Er is niets tegen te doen. Zoiets onontkoombaars als corona heb ik nog nooit in mijn leven meegemaakt. Ver-schrik-ke-lijk.

Maandag 20 april

Wat een heerlijke dag gisteren!

De portier belde me over de huistelefoon: 'Er staat iemand voor de deur op u te wachten, meneer Groen. Hij zegt dat-ie een oude bekende is.'

Ik had geen idee wie dat kon zijn. Misschien iemand van Omanido?

Mijn nieuwsgierigheid was gewekt en ik ging op topsnelheid

naar beneden, dat is tegenwoordig ongeveer 3,5 kilometer per uur.

En daar stond hij, recht voor de ingang, met zijn opgepimpte tomaatrode scootmobiel: mijn dierbare scootmobiel-gezel meneer Hoogdalen.

'Hierheen, meneer Groen, ik ben het.'

'Meneer Hoogdalen, wat een ontzettend leuke verrassing! Bent u helemaal hierheen gereden, dat kan toch niet?'

'Nee, mijn zoon heeft me met de takelwagen gebracht en voor de deur afgezet en vanavond komt hij me weer ophalen. En in de tussentijd karren wij de accu's leeg. Ik was er zó aan toe. Eindelijk weer eens op stap met meneer Groen.'

Het was het grootste aantal woorden dat ik mijn vriend, de stille genieter, ooit achter elkaar had horen uitspreken.

'Ik haal mijn scootmobiel en trek even een jasje aan,' zei ik.

Tien minuten later reden we achter elkaar door de zonovergoten duinen. De wind waaide door mijn laatste haren, meeuwen krijsten, het motortje zoemde.

Af en toe staken wij een duim naar elkaar op.

'Lekker hè.'

'Heerlijk.'

Na een uurtje stopte meneer Hoogdalen bij een bankje. Het was tijd voor een korte pauze.

'Pilsie, meneer Groen?'

'Nou, meneer Hoogdalen, dat sla ik niet af.'

Hij had een klein koelboxje meegenomen met daarin twee blikjes bier.

'Proost.'

'Op ons.'

Meneer Hoogdalen zuchtte van geluk.

'God, wat heb ik die ritjes met u gemist zeg.'

Ik was ontroerd.

'Wat een geweldig idee van u om gewoon langs te komen, zonder overleg of gedoe. Precies wat ik nodig had.'

'Ik heb ook nog twee broodjes ham meegenomen.'

Meneer Hoogdalen zocht tamelijk lang tussen de koelelementen in zijn minikoelbox.

'Krijg nou wat. Heb ik ze toch nog op het aanrecht laten liggen.'

'Geeft niks hoor, zulke dingen overkomen mij dagelijks,' troostte ik hem.

'Wat chips dan maar, meneer Groen?'

Op ons bankje in de zon aten we in alle rust, zachtjes krakend, een familiezak paprikachips leeg.

'Best lekker, koude chips,' vonden we.

Na een minuut of twintig stapten we weer in onze scoots en reden tot de accu's bijna leeg waren. Zielstevreden stopten we ten slotte voor de deur van mijn tehuis.

'Hoe laat komt uw zoon u weer ophalen?' vroeg ik.

Hoogdalen keek op zijn horloge. 'Over een uurtje.'

'Mag mijn broer even met mij mee naar boven, bij wijze van uitzondering?' vroeg ik aan de aardige portier. 'Zijn zoon komt hem straks halen.'

De portier dempte zijn stem. 'Ik loop nu even naar de eetzaal, dan wacht u een half minuutje en daarna gaat u samen met uw "broer" achter mijn rug om met de lift naar boven.'

Zonder zijn hoofd te bewegen richtte hij een samenzweerdersblik schuin omhoog.

Ik keek waar hij naar keek.

'Niet kijken,' waarschuwde hij, 'daar hangt de camera.' En daarna met een grijns: 'Nee hoor, ik ben de enige die de beelden bekijkt. Heel soms, als ik echt niks te doen heb. Hij hangt er meer voor de sier, zeg maar.'

Een man naar mijn hart. De regels zijn er voor de mensen, en niet andersom.

'Ik had u best als broer willen hebben, meneer Groen,' zei Hoogdalen toen hij op mijn kamer een borreltje dronk met een stukje kaas en een plakje leverworst erbij. 'Ik heb alleen vier zussen. Schatten hoor, maar een zus is geen broer.'

'Ik heb geen broer en ook geen zus.'

'Vond u dat jammer?'

'Wat je nooit hebt gehad, zul je ook niet zo snel missen. Ik had gelukkig hele aardige en zorgzame ouders.'

We waren eigenlijk nog nooit bij elkaar op visite geweest. We reden altijd alleen maar achter elkaar aan. Nu bleek dat we ook gewoon een beetje konden keuvelen. Over vroeger en over alle mooie ritjes die we samen hadden gemaakt.

Na een tijdje keek Hoogdalen op zijn horloge. 'Hij is laat.'

Na een half uur keek hij opnieuw. 'Hij is heel laat.'

Ik schonk ons nog eens in. Toen ging mijn telefoon.

'Met Groen ... Ja ... Ja, die zit hier ... Dat zal ik vragen.'

Ik draaide me naar mijn gast. 'Je zoon vraagt of je je telefoon aan wilt zetten, dan kan hij je bellen.'

Hoogdalen keek verbaasd en zette zijn telefoon aan, die onmiddellijk ging.

'Ja, met mij. Ja ... Hij staat uit omdat niemand mij toch nooit belt ... Ja, weet ik. Maar waar blijf je?'

De zoon van Hoogdalen, zelf garagehouder, bleek met pech langs de kant van de weg te staan. Hij moest wachten op een nog grotere takelwagen om zijn eigen kapotte takelwagen terug naar de garage te kunnen slepen. Dat kon nog wel even duren, maakte ik uit het gesprek op.

'Hoelang dan, jongen? ... Wat? ... Dat weet ik niet.' Toen richtte hij zich tot mij. 'Mijn zoon vraagt of ik hier kan blijven slapen?'

Ik had inmiddels een biertje en drie borrels op. Dan ken je geen bezwaren meer.

'Ja, natuurlijk. Maar u moet wel op de bank.'

Het werd een gezellige avond. Ik liet Chinees komen, we dronken driekwart fles jenever leeg en praatten veel, al heb ik geen idee meer waarover, en daarna moet ik naar bed zijn gegaan, want daar werd ik vanochtend wakker gemaakt door meneer Hoogdalen.

'Goedemorgen, meneer Groen, lekker geslapen?'

'Ja prima... Wel een beetje een houten kop nu. Maar het was het waard.'

Hij had een kopje thee voor me gezet en een beschuitje met hagelslag. Het was het eerste ontbijt op bed in meer dan vijftig jaar.

Toen ging zijn telefoon.

'Ja, met mij. Wat? ... Sta je er al? ... Ja, ik kom eraan.' Hoogdalen hing op.

'Dat was m'n zoon. Hij staat voor de deur. Ik moet gaan.'

Hij gaf me een hand. 'Bedankt, meneer Groen. Het was een topdag. Tot kijk hè.'

'U bedankt, meneer Hoogdalen. Het was veruit de leukste dag in tijden.'

Ik deed hem uitgeleide in mijn pyjama. Midden in de kamer stonden onze scootmobielen. Bij het manoeuvreren richting gang raakte hij nog de prullenmand, de tafel en de deurpost, maar hij leek het niet te merken.

'Tot snel. En trek wat warmers aan, meneer Groen, u vat nog kou.'

'Groeten aan uw zoon.'

'Zal ik doen.'

Wat een dag. Alsof ik even in een andere wereld was geweest. Een paar uur later vroeg ik me af of ik het soms had gedroomd of dat ik weer eens in de war was van de alzheimer.

Gelukkig vond ik toen een sok van Hoogdalen onder de bank.

Al die tijd met meneer Hoogdalen is het c-woord niet één keer gevallen.

Woensdag 22 april

Ik ben onvoorspelbaar geworden. Vroeger was meneer Groen de gelijkmatigheid zelve, maar nu niet meer.

De ene dag ben ik al doodmoe bij het opstaan en sleep ik me de uren door en de andere dag sta ik fluitend op en haal met gemak het late journaal.

Het ene uur kan ik goedgemutst en vriendelijk zijn en een uur later wind ik me op over iedere scheet die hier wordt gelaten, en dat zijn er veel.

De ene keer ben ik bij de pinken, de andere keer doe ik alles fout en ben ik voortdurend de weg kwijt. Letterlijk en figuurlijk.

Schrijven heeft alleen zin als ik in vorm ben. Anders komt er geen begrijpelijk woord uit mijn computer. Dan raakt zelfs de spellingscontrole in de war.

Kortom: er is geen peil op me te trekken. Jammer genoeg realiseer ik me dat alleen als ik een goeie dag heb. Op slechte dagen moeten de medebewoners het bezuren. Dan is bovenmeester Groen streng. Zo streng dat ik al een keer een tik met een liniaal uitgedeeld schijn te hebben. Tenminste, dat zei de zuster.

Ik heb in de kist met speelgoed van Aafke een schoolbordje met krijtjes gevonden. Als er in mijn hoofd een kermis aan de gang is, dan ga ik tekenen op dat bordje. Dat maakt me rustig. Veel meer dan poppetjes met handen als harken en huisjes met puntdaken krijg ik niet uit mijn vingers. Qua tekenkunst ben ik al terug bij af.

Donderdag 23 april

Er zaten vanmorgen zes mensen in de conversatiezaal.

Aan een tafel zaten Leonie, meneer Jojo en ik en de andere drie mensen hadden elk drie tafels voor zichzelf.

'Nou zeg, wat weinig mensen,' zei de aardige zuster Fatima. 'Met dank aan de afwezigen, maar nu moet iedereen drie koekjes nemen, anders worden ze oud,' riep ze stralend.

Die houdt gelukkig de stemming erin.

'Mensen zien we graag oud worden, koekjes niet,' zei meneer Jojo.

'Komt dat van een oude Indische wijsgeer?' vroeg Leonie schalks.

'Nee, van mij.'

Een groot deel van onze bewoners durft zijn of haar kamer niet meer uit, bang om besmet te raken en te overlijden. Volgens mij ben je eigenlijk, technisch gezien, voor de buitenwereld al overleden als niemand je meer ziet. Ik zou het leven niet meer de moeite waard vinden als ik opgesloten zou zitten in een hokje van vier bij zes en het eten voor de deur zou worden gezet. Dat lijkt verdacht veel op vrijwillige gevangenisstraf. En gezien onze leeftijd kon dat best eens levenslang worden.

Nee, dan neem ik liever het risico op een coronabesmetting. Wat zal de kans zijn? Een op de vijfhonderd? Al was het een op de honderd, *what the fuck*. Dat zegt Frida altijd.

Ik wandel nu nog op het strand, lach met Frida, puzzel met Jojo en eet drie koekjes met de leuke zuster.

En als de dood me komt halen, ga ik zonder tegenstribbelen mee.

Lidy, de activiteitenbegeleidster, heeft een spel geïntroduceerd dat volgens haar heel geschikt is voor de lockdown. Het heet 'Secret Friend'. Dat klinkt gewichtiger dan 'Geheime vriend' en zo hoopte Lidy meer deelnemers te trekken.

Ik stond er eerst wat sceptisch tegenover, maar nu denk ik toch dat het wel aardig is in deze eenzame tijden.

Lidy was alle deuren langsgegaan en had, in sommige gevallen door de deur heen, de spelregels uitgelegd en uiteindelijk zevenentwintig mensen zover gekregen mee te doen, onder wie ook een paar personeelsleden. Iedereen heeft inmiddels een lijst gekregen met alle namen van de mensen die meedoen.

Lidy had de namen in een hoge hoed gedaan en na een geheime trekking alle deelnemers een Secret Friend toegewezen. Iedereen kreeg de naam van zijn of haar geheime vriend of vriendin op een briefje onder de deur door geschoven. Maar je wist dus niet van wie jijzelf de Secret Friend was.

Vervolgens moest je een leuk kaartje of briefje sturen naar je nieuwe vriend of vriendin, zodat die 'onverwacht' post kreeg van een onbekende.

Het zal mij benieuwen.

Vrijdag 24 april

Ik had als Secret Friend mevrouw Sliedrecht getrokken.

Ik ken haar nauwelijks. Tot nu toe hadden we eigenlijk alleen diepgaande gesprekken in de lift.

'Goedemorgen.'

'Goedemorgen.'

Stilte.

'Prettige dag nog.'

'Insgelijks.'

Ze zit altijd met mevrouw Zwaan aan het tafeltje in de hoek. Hun voornaamste bezigheden zijn breien en zwijgen. Soms bekijken ze goedkeurend elkaars werk.

Wat moest ik haar sturen? Er was niet veel keus: ik had twee oude kerstkaarten en een paar kaarten met Jip en Janneke erop, van de kinderpostzegels.

Met een zwarte pen had ik één kaart van Jip en Janneke een beetje bijgetekend zodat het vaag leek op iemand die zat te breien. Op de andere kant had ik een gedicht geschreven:

Bij het zachtjes tikken van de pennen
Moet ik u toch iets bekennen
Als ik u zo zoet zie breien
Moet ik van geluk haast schreien

Niet bepaald poëzie met een grote P en ook niet bepaald de waarheid, maar vooruit, iets beters kreeg ik niet uit mijn vulpen.

Lidy had iedereen een voorraadje enveloppen gebracht. De mensen moesten hun kaarten in twee enveloppen weer onder de deur door schuiven, terug de gang op. Op een envelop stond voor wie de kaart of brief was en daaromheen zat een tweede blanco envelop, zodat iemand die op de gang liep aan de buitenkant niets kon zien. Alleen Lidy mocht de enveloppen verzamelen en maakte een paar keer per dag een rondje door de gangen, opende de blanco envelop en bezorgde daarna de post bij de geadresseerde.

Zaterdag 25 april

Ik kreeg een bericht van mijn geheime vriend of vriendin. Een handgeschreven briefje op een slordig afgescheurd half A4'tje.

Beste meneer Groen,

het valt niet mee alemaal, maar we moeten er maar het beste van maken.
Ik heb me zoon gevraagd een paar mooie anzichtkaarten voor u te kopen.
Die krijgt u dus nog.
Vandaar dit papiertje nu.
Dat was het.

Met de groeten van u geheime vriend(din)

Hier was voor een schoolmeester nog aardig wat werk te doen, al was het wel een mooi sierlijk handschrift.

Ik moest mijn Secret Friend zoeken in de categorie laaggeletterd, zo veel was duidelijk. Ik pakte de lijst met deelnemers aan het spel erbij en streepte zeven namen door. Van die mensen wist ik zeker dat ze nooit zo'n briefje zouden schrijven en ook niet zo veel taalfouten zouden maken.

Ik ga de komende dagen proberen om zo ongemerkt als maar kan van zo veel mogelijk bewoners hun handschrift te ontfutselen.

De detective in mij is ontwaakt.

Zondag 26 april

Onze actieve activiteitenbegeleidster Lidy heeft een groepsapp geopend waarin alle mensen opgenomen zijn die meespelen in het spel. Voorwaarde is wel dat ze kunnen appen. De deelnemers kunnen in de groepsapp reageren op brieven en kaarten die ze hebben ontvangen.

Er waren na een dag al vijfendertig berichtjes.

Mevrouw Sliedrecht schreef dat ze nog nooit van haar leven zo'n mooi gedicht had gekregen. Het ontroerde me dat ik haar zo blij had kunnen maken met mijn rijmelarij.

Mevrouw Brioche had onder haar kaartje per ongeluk toch haar naam geschreven en de ontvanger, meneer Sluiter, wilde nu graag een nieuwe Secret Friend. Lidy antwoordde dat ze zou kijken of ze een geheime ruil kon bewerkstelligen, waarop twee bewoners appten dat ze liever niet mevrouw Brioche als nieuwe geheime vriendin wilden, waarna Brioche boos uit het spel stapte. Niet duidelijk is hoe Lidy een nieuwe vriend voor meneer Sluiter denkt te vinden, maar ze schreef dat ze het zou oplossen.

Mevrouw Beekhoven was heel teleurgesteld omdat ze, als enige, nog niets had ontvangen. Ze schreef: 'Ik hoop niet dat mijn nieuwe vriend ziek is. Of dood. Anders van harte beterschap. Tenminste, bij dat eerste.'

Verder alleen maar blije smileys en opgestoken duimpjes. En

veel toespelingen op wie men verdacht zijn of haar Secret Friend te zijn.

'Haha, ik denk dat het mevrouw Diks is, want die heb ik laatst met een groene pen zien schrijven.'

'Nee hoor, ik ben het niet, want ik ben mijn groene pen kwijt,' antwoordde Diks.

We zijn er in ieder geval even zoet mee.

Omdat zo veel bewoners te bang zijn om beneden te komen zijn er veel tafels vrij voor onze puzzels. We werken nu voor de afwisseling aan drie puzzels tegelijk, meneer Jojo en ik. Ik had verkondigd dat iedereen die dat wilde mocht meehelpen, maar daar kreeg ik al snel spijt van. Van een paar bewoners moet ik nu elk stukje dat ze leggen controleren. Ze duwen net zo hard tot iets past. Kan ik ze er weer uit peuteren. Ik heb mevrouw Brioche gevraagd of ze alstublieft niet meer wil helpen. Die kan er echt helemaal niets van. Ze weigerde. Toen heb ik gezegd dat ik iets in haar koffie zou doen als ze niet zou stoppen. Dat heeft ze meteen tegen de zuster gezegd en die kwam daarop verhaal halen. Ik heb het glashard ontkend. Meneer Jojo keek mij verbaasd aan maar zei niets.

Veel later kwam hij erop terug.

'Meneer Groen, het zijn maar puzzels hè. Niet de moeite waard om boos over te worden.'

Ik had geen idee waar hij het over had.

'Dat u zo boos was op die rare mevrouw Brioche omdat ze niet kan puzzelen.'

Ik was het helemaal kwijt. Kon me er niets van herinneren.

'Ik zal er een beetje op letten,' heb ik Jojo beloofd.

Maandag 27 april

Vanmorgen kwam mijn eigen gezicht mij vreemd voor. Was ik dat in de spiegel? Waren dat mijn gerimpelde wangen? Stonden mijn ogen zo sloom? Dan moest ik daar nodig iets aan doen. Die mond was ook niet erg krachtig meer. Hij stond besluiteloos een klein stukje open. Ga je nog wat zeggen of niet, mond?

Hoe vaak kijk ik in de spiegel op een dag? 's Morgens bij het scheren en 's avonds bij het tandenpoetsen en tussendoor misschien nog een paar keer toevallig. Een ijdele puber haalt wel de honderd keer, etalageruiten en selfies meegerekend.

Ik vergeet de meeste dingen per ongeluk, maar haren kammen vergeet ik soms expres. Als ik weet, of vermoed, dat Leonie op korte termijn bij mij aan de deur gaat kloppen, dan kam ik mijn haren juist een beetje door de war.

Klop, klop.

'Goeiemorgen Hendrik, zullen we beneden een bakkie koffie gaan doen?'

'Goed idee, Leonie, laten we maar meteen gaan.'

'Even wachten, Hendrik, zo kun je niet met me mee. Dat ziet er niet uit, die haren van jou.'

Dan moet ik gaan zitten en kamt ze langzaam en aandachtig mijn haar.

Ik sluit mijn ogen. 'Neem de tijd, lieve schat. Heerlijk, zoals jij kunt kammen.'

Dinsdag 28 april

Heel Nederland moest improviseren nu vrijmarkten en festivals verboden waren, maar bij ons was Koningsdag hetzelfde als altijd: oranje tompouces en televisiekijken. Er waren gisteren zelfs een paar bewoners die voor deze speciale gelegenheid hun vrijwillig gekozen kamerquarantaine een dagje hadden opgeschort. Een verstandig besluit, want als je helemaal in je eentje een onder de deur door geschoven tompouce moet opeten, dan kun je maar beter dood zijn. Grapje. Ik zeg het er maar even bij. Hoewel...

Meneer Jojo stond na de koffie opeens op en begon het Wilhelmus te zingen terwijl er nog een kloddertje oranje glazuur op zijn lip zat. Deze spontane hulde aan ons land en aan onze koning vond navolging. Vijf seconden later stond iedereen te zingen, inclusief de twee zusters van dienst. Niet alle bewoners waren even toon- en tekstvast, maar dat maakte het extra ontroerend. De lieve Marokkaanse zuster zong foutloos mee terwijl mevrouw Scholten, die altijd klaagt over buitenlanders, hooguit hier en daar een woord goed had en er een geheel eigen melodie op na hield. Daar heb ik haar later nog even fijntjes aan herinnerd. Ze stotterde dat ze hoofdpijn had en daarom niet goed kon zingen.

'Misschien kunt u dan maar beter even gaan liggen,' stelde Leonie heel vals voor.

Nee, het ging alweer beter.

Woensdag 29 april

Er is ook goed nieuws: Saoedi-Arabië stopt met het onthoofden van minderjarigen. Ook de stok- en zweepslagen zijn afgeschaft.

Het afhakken van handen bij dieven blijft nog wel als nostalgisch gebruik.

Ik heb laatst voor de derde of vierde keer per ongeluk iets niet afgerekend bij de supermarkt. In Saoedi-Arabië zou ik nu geen hand meer overhebben.

Gelukkig kent de meneer van de beveiliging me.

'Dat mag niet hè, meneer Groen,' zei hij en hij haalde een tube mayonaise uit mijn zak.

'Ik weet echt niet hoe die daar is gekomen,' verzuchtte ik, en dat was nog waar ook. 'Mijn handen doen soms maar wat.'

'Mijn moeder stopte ook zonder nadenken van alles in haar zakken toen ze dement was,' troostte de bewaker.

'Ik ben niet dement. Tenminste nog niet. Ik ben verstrooid.'

'Je bent inderdaad behoorlijk verstrooid, Hendrik,' zei Leonie toen ik het haar later beschaamd had verteld. 'Op het demente af.' Daar moesten we heel hard om lachen.

Donderdag 30 april

Geluk is altijd kwetsbaar.

Ik was met mijn vrouw in Rome, nog voor Aafke. Een prachtige stad, leuk hotel, lief gezelschap. Redenen voor volmaakt geluk. Maar ik had drie dagen lang ontzettende kiespijn, hoeveel aspirientjes ik ook slikte. En van de aspirientjes kreeg ik weer last van mijn maag. Eén klein gaatje in een kies en al het geluk waait het raam uit.

Ik had kaartjes voor de Vijfde van Beethoven, mijn favoriete componist, door het Concertgebouworkest. Een paar uur daarvoor had ik bij een kraampje een portie mosselen gegeten.

Er moet er een niet goed zijn geweest.

Kort na de eerste maten werd ik kotsmisselijk. Ik snakte naar het einde van een volmaakt concert. Eén rottig mosseltje!

Meneer Jojo en ik maakten een prachtige puzzel van de Nachtwacht, drieduizend stukjes. Het ging gesmeerd, we waren volmaakt tevreden. Tot op het einde bleek dat er één stukje weg was. Eén klein stukje!

Hendrik Groen, doe normaal, zei ik keer op keer tegen mijzelf. Het is maar een puzzel. Toch was mijn hele dag bedorven.

Soms is het geluk vlakbij maar kun je het net niet pakken.

Vrijdag 1 mei

De dagelijkse touwtjes zijn hier in handen van mevrouw Schuttevaar. Wij kunnen het goed vinden samen. Ze houdt net als ik niet van regels en is handig in het ontwijken ervan. 'Flexibel interpreteren' noemt zij dat.

De directeur vindt het allang best zolang hij maar niet lastiggevallen wordt. Hem zien we zelden; ik ben zelfs vergeten hoe hij heet.

'Zodat ik mij volledig kan focussen op de grote lijnen,' zei hij eens om zijn gebrek aan interesse te rechtvaardigen.

'Ammehoela,' zou mijn vrouw zeggen.

Mevrouw Schuttevaar maakt elke week een rondje langs alle bewoners die niet doodsbang zijn voor bezoek, om te informeren naar hun welzijn en hun wensen en voor een praatje over koetjes en kalfjes. Zij heeft dan braaf een mondkapje op en handschoenen aan.

Gisteren klopte zij bij mij aan en nodigde ik haar binnen.

'Hier mag u uw kapje wel afdoen hoor, ik kan me voorstellen

dat het een beetje benauwd is in al die kamers waar de thermostaat op 24 staat.'

'Nou, graag. Dan hou ik gewoon een half metertje extra afstand.'

Ze zag mijn bord met gekleurde herinneringsbriefjes. Trouwens, ze hangen al lang niet meer alleen op dat bord. Ook op de koelkast (HOUDBAARHEIDSDATUM CONTROLEREN!!!), het dressoir (PLANTEN WATER GEVEN DINSDAG EN VRIJDAG) en de deur (SLEUTELS BIJ JE?) hangen briefjes.

'U hebt uzelf alles op een briefje gegeven, zie ik?' zei ze glimlachend.

'Inderdaad, zonder briefjes ben ik reddeloos verloren.'

'Hebt u het gevoel dat het erger wordt?' informeerde ze nu serieus.

Ik vertelde haar dat ik aan het dementeren was en dat het leven me langzaam ontglipte.

'Ik vrees dat de gesloten afdeling naar me lonkt.'

'Dat spijt me erg voor u, meneer Groen, u bent zo'n... aardige en verstandige man. Ik mag u zeer graag.'

Ik was even ontroerd door deze welgemeende complimenten.

'Dank u. Ik mag u ook graag. Om dezelfde redenen.'

Er viel een stilte zonder dat het pijnlijk was.

'Mijn verstand laat me meer en meer in de steek. Ik hoop nog wel aardig te blijven, maar ik kan het niet beloven,' verbrak ik het zwijgen.

'Ik zal me u herinneren zoals u nu bent,' verzekerde ze mij.

'Weet u, ik ben in een ander tehuis, bij een vriendin, wel twintig keer op de gesloten afdeling geweest, maar hier nog nooit.'

'Zullen we er een keer samen gaan kijken? Als de coronagemoederen wat bedaard zijn. Er wordt voorzichtig geopperd weer bezoek toe te staan. Terecht. Voor sommige ouderen is het onverdraaglijk dat er niemand langskomt.'

Ik heb haar aanbod aanvaard. Binnenkort gaan we er kijken. Ik hoop dat het er minder deprimerend is dan de gesloten afdeling waar Grietje zat.

'Wat doe je jezelf aan, Hendrik?' vroeg Leonie toen ik het haar vertelde.

'Dat weet ik nog niet, Leonie.'

Zaterdag 2 mei

Het Secret Friend-spel is een doorslaand succes. Er worden vele eenzame uren aangenaam mee gevuld. Sommige bewoners hebben hun favoriete stoel een halve slag gedraaid en kijken nu in plaats van uit het raam naar de onderkant van hun voordeur of er al een envelop verschijnt.

Al vrij snel begonnen sommige deelnemers naast briefjes en kaartjes ook cadeautjes te versturen. Nadat een mevrouw zielsgelukkig meldde een gevulde koek met een strik eromheen te hebben ontvangen, kwam er een golf pakjes op gang. Veel etenswaren maar ook boeken, puzzeltjes, plantjes, handwerkjes, een sjaaltje, een theelepeltje en nog veel meer. Mensen probeerden elkaar duidelijk te overtreffen.

Dagelijks komen er tientallen appjes binnen. Een kleine bloemlezing:

Hartelijk dank voor de appel. Hij was erg lekker.

Het is vast goed bedoeld maar ik lust geen haring.

Ik heb in mijn hele leven nog nooit zo veel post gehad.

Het sjaaltje is niet helemaal mijn kleur. Kunt u misschien het bonnetje opsturen?

Bedankt voor het mooie boek. Lekker dik.

Ik krijg het houten puzzeltje niet in elkaar. Er ontbreekt een stukje. Misschien ligt dat nog ergens?

Bedankt voor het briefje van 50 euro. Ik ga er iets moois van kopen als ik weer mijn kamer af mag.

Dat laatste berichtje zorgde voor veel afgunst.

Had ik maar deze secret friend!!!

Tot de volgende dag gemeld werd:

Haha, ik heb geen briefje van 50 ontvangen. Dat was een grapje om iedereen jaloers te maken.

Er zijn bij Lidy veel verzoeken binnengekomen van mensen die spijt hebben dat ze zich niet hadden opgegeven. Of ze niet alsnog mee konden doen? Nee, dat kon niet, maar Lidy was de beroerdste niet en beloofde de spijtoptanten een tweede kans te geven en aan het eind van de week een nieuwe groep te starten als er voldoende aanmeldingen waren. Er meldden zich twaalf nieuwe mensen aan, plus nog tien personen die wel al meededen maar graag twee Secret Friends wilden en zich ook voor de nieuwe groep opgaven. Lidy had het nog nooit zo druk gehad met de administratie en het rondbrengen van de post en de pakketjes.

Ik heb mevrouw Sliedrecht een breiboek gestuurd dat ik van Leonie heb gekregen. In ruil daarvoor heb ik Leonie een vers gestreken herenzakdoek gegeven die ze naar haar penvriend ging sturen.

'Dat moet dan voor een man zijn die nu nog een snotneus heeft en straks niet meer. Ik denk meneer De Zeeuw.'

Nee, die was het zeker niet, ontkende ze stellig. Maar het leek toch of ze een beetje bloosde.

Er wordt overal druk gespeculeerd, gevist, gespioneerd.

En zo gebeurt er zowaar opeens van alles in ons kabbelende bestaan.

Zondag 3 mei

Terwijl ik langzaam wegzak in het verleden, ga ik tegelijkertijd met mijn tijd mee: naast skypen en groepsappen met de geheime vrienden, heeft Frida me nu ook online schaken geleerd.

Ik moet haar tegenwoordig wel af en toe vragen wat een paard ook alweer mag doen en Frida geeft me bij hele domme zetten een tweede kans, maar aan de andere kant kom ik met heel onorthodox schaak soms gevaarlijk uit de hoek.

'Die had ik niet zien aankomen, opa,' zei ze laatst beteuterd toen ik opeens haar koningin te pakken had en er een remise uit sleepte.

Ik schaakte eigenlijk jarenlang alleen maar met Evert. Bij hem wist ik meestal van tevoren wat hij ging zetten.

Soms, bij mooi weer, gingen we naar een speeltuin waar een groot schaakbord met levensgrote stukken was. Daar verloor ik ooit omdat Evert me wees op een roodborstje achter me, en hij toen ik omkeek zijn toren stiekem een vakje opschoof, waarna hij me in twee zetten mat had.

Ik begreep er niets van. Hoe kon ik dat nou toch over het hoofd zien?

'Briljant, briljant, al zeg ik het zelf,' zei Evert met een grote grijns.

Op de weg naar huis wees hij naar een boom. 'Kijk Hendrik, weer een roodborstje. Bij roodborstjes extra goed opletten.'

'Hoezo?'

'Anders sta je in twee zetten mat.'

Toen viel het kwartje.

'Jij vuile valsspeler.'

Ik vorder niet erg met mijn handschriftonderzoek. Veel bewoners zitten op hun kamer en laten niemand binnen. Er zijn maar een paar mensen die gewoon naar de conversatiezaal komen. Een van hen is mevrouw Alberts. Toen ik bij haar aankwam met het verhaal dat ik als oud-bovenmeester geïnteresseerd was in handschriften en vroeg of ze iets op mijn blocnote wilde schrijven, had ze me meteen door.

'Mooi niet, meneer Groen. Dan gaat u kijken of ik uw Secret Friend ben.' En ze tetterde door de zaal: 'Niet je handschrift aan meneer Groen geven, hoor!'

Ik ben een waardeloze Sherlock Holmes.

Mevrouw Sliedrecht is heel blij met het breiboek, schreef ze in de groepsapp.

'Dus jij hebt mevrouw Sliedrecht,' zei Leonie triomfantelijk.

'Daar was je toch achter gekomen als je weer eens een stukje in mijn dagboek ging lezen,' zei ik schouderophalend.

Maandag 4 mei

Iemand heeft het idee geopperd dat muzikanten vanuit hun huis om acht uur vanavond de taptoe spelen om de twee minuten stilte aan te kondigen. Mijn buurman blijkt een oude trompet te hebben en oefent nu al twee dagen. Hij kan er helemaal niets van. Het lijkt wel een stervende zeehond.

Ik heb weer geskypet met Frida. Ongelooflijk, ik weet soms niet eens mijn eigen achternaam meer, maar aan de andere kant ontdek ik hele nieuwe werelden.

Het lukt alleen omdat Frida zeer vasthoudend is. Ze wil gewoon per se dat ik het leer. Soms verliest ze even haar geduld.

'Hé shit! Opa, kijk nou eerst goed voor je op een knopje drukt. Ik zei dat vierkantje, niet dat kruisje. Dan gaat alles weg.'

Ze heeft via de computer ook nog even tegen Juffrouw Jansen geblaft. Die begreep er niets van.

Ze skypete me om te vertellen dat ze superblij was dat ze volgende week eindelijk weer naar school mag. Ze mist al haar schoolvriendinnen heel erg en, vertrouwde ze me zachtjes toe, ze miste zelfs de meester. Dat deed mij als oud-schoolhoofd goed.

Daarna vervolgde ze met: 'Opa, ik moet meteen naar het ziekenhuis.'

Ik schrok enorm.

'Nu meteen?'

'Nee opa, niet "meteen" maar "met m'n teen". Die staat scheef. Die gaan ze rechtzetten als de corona een beetje over is.'

Ik word nogal doof.

'Ik ben naar Beter Horen geweest om mijn oren na te laten kijken, maar ze waren gesloten vanwege corona,' vertelde ik Leonie.

'Lieve schat, misschien moet je een briefje op je koelkast plakken dat-ie dicht is. Want je bent drie dagen geleden ook al geweest.'

'Ja, maar...'

Ik wilde nog een of ander excuus bedenken, maar er kwam niets zinnigs uit die mistige grijze massa in mijn hoofd.

'Geeft niks, Hendrik. Als je veel vergeet heb je ook veel te doen,' troostte Leonie, 'en als je veel te doen hebt, verveel je je niet.'

Dinsdag 5 mei

Meneer Jojo is gisteren een actie onder de bewoners gestart. Hij heeft een briefje onder alle deuren door geschoven met de volgende tekst:

Beste medebewoners,

Morgen is het 5 mei, Bevrijdingsdag. Misschien kunt u uzelf morgen één dagje bevrijden van de corona-angst en gezellig komen koffiedrinken en wat kletsen. Liefst niet te veel over corona.

We zetten de stoelen gewoon anderhalve meter uit elkaar in ruime kringen om de tafels.

Ter geruststelling: ik heb aan de hand van het landelijk aantal sterfgevallen uitgerekend dat iedere oudere Nederlander morgen ongeveer 1 op de 150.000 kans heeft om aan het virus te overlijden.

Eindelijk weer eens gezellig met zijn allen samen zijn is wel een klein gokje waard, niet?

Als u geen zin hebt of niet durft, neem ik het u niet kwalijk. Dan wens ik u een hele mooie Bevrijdingsdag op uw kamer.

Vriendelijke groet, W.J. Handjojo

Vanmorgen zijn er vierentwintig mensen koffie komen drinken in de eetzaal. Vier keer zo veel als de afgelopen weken.

Het was gezellig en er hing een sfeer van bevrijding en opluchting.

Meneer Jojo had heerlijke petitfours besteld bij de plaatselijke banketbakker. Er waren drie bewoners die zo'n klein gebakje kwamen halen en onmiddellijk weer vertrokken naar hun kamer. Jojo deed daar niet moeilijk over. Ikzelf had ze dat taartje graag in hun haar gesmeerd.

De koning werd alom geprezen om zijn 4 mei-toespraak.

'Hij begint het te leren,' zei mevrouw Sliedrecht, 'langzaam maar zeker gaat hij op een mens lijken in plaats van op een pratende houten pop. Nu nog een beetje minder kak en hij is een topkoning.'

Die uitgestorven Dam vond ik erg overdreven. Als er zeventig mensen tegelijk in een bouwmarkt mogen, hadden er toch ook wel een paar honderd op de Dam mogen staan, netjes om de anderhalve meter? Gewoon, om te laten zien dat we ons de vrijheid niet zomaar laten afpakken. In plaats daarvan een leeg plein om te laten zien dat we ons braaf aan de regels houden. De koning moet natuurlijk het goede voorbeeld geven.

Wat zou ik graag een dagje koning zijn. Dan zou premier Rutte het de volgende dag heel druk hebben met alles weer recht te praten.

Woensdag 6 mei

Ik word gek van die Brioche.

Vanmorgen wilde ze per se aan de tafel zitten waarop de Nachtwacht lag, terwijl er nog zat andere tafels vrij waren.

'Mevrouw Brioche, wilt u alstublieft aan een andere tafel gaan zitten, dan hoeven we de puzzel niet te verhuizen,' vroeg meneer Jojo vriendelijk.

'Nee, daar tocht het zo,' zei ze.

'Is dit de enige tafel waar het niet tocht?'

'Hier zit ik nu en hier blijf ik zitten.'

Meneer Jojo keek haar even doordringend aan, knikte toen en pakte voorzichtig de plaat met de puzzel op om hem twee tafels verderop weer neer te leggen.

Ik heb, geïnspireerd door de cadeaus van de Secret Friends, honderd rozen laten bezorgen bij Leonie. En twee grote kamerplanten.

'O Hendrik, wat mooi! Waar heb ik dat aan verdiend, schat?'

'Voordat ik definitief de weg kwijtraak wil ik je bedanken voor alle goede zorgen.'

'Maar dat doe ik met liefde, Hendrik.'

'Ik geef je ook met liefde deze bloemen en planten, lieve vertrouwenspersoon en coauteur. De rozen zijn voor nu en de planten voor dat je nog eens aan me denkt als ik dood ben of netjes opgeborgen.'

Ze bloosde. Daarna gingen we op zoek naar vazen. Honderd was misschien wat veel.

Meneer Jojo heeft eind van de middag per ongeluk een glas Fanta omgegooid. Zo over de jurk van mevrouw Brioche.

'Neemt u me alstublieft niet kwalijk. Hoe kan ik zo onhandig zijn?'

Mevrouw Brioche keek hem woedend aan.

'Nog een geluk dat de puzzel hier niet meer ligt,' voegde Jojo haar nog toe.

Donderdag 7 mei

Rutte heeft gesproken!

Er mag weer mondjesmaat bezoek komen. Helaas alleen familie, dus met Frida moeten we nog steeds illegaal afspreken op de hoek van de straat.

Verder mag er vanaf volgende week weer getennist en gegolfd worden, maar daar hebben we hier niet zo veel aan.

Waar we wel wat aan hebben: de terrassen gaan per 1 juni weer open! Heerlijk met Leonie bij een van de strandtenten uitkijken over zee. Eerst koffie met een taartje, daarna een wijntje met bitterballen. Dan een beetje rozig naar huis. Geluk in een notendop.

Ik zal meneer Jojo uitnodigen mee te gaan.

1 juni is een maandag. Dan zijn normaal gesproken veel zaken gesloten, maar ik neem aan die maandag niet.

Wat er ook gebeurt, ik zit op het terras, al is het in de stromende regen.

Morgen even met Leonie overleggen over een reünie-etentje met Omanido. Ik heb een geel briefje op mijn ontbijtbordje geplakt. Hier niet ver vandaan is het strandpaviljoen waar onze club ooit schilderles heeft gehad. Kort daarna heeft Eefje gezegd dat ze me heel leuk vond. Het waren de mooiste weken van de laatste halve eeuw van mijn leven. Dat klinkt behoorlijk lang. Die halve eeuw, bedoel ik. Die verliefde weken met Eefje waren eindeloos kort. Toen kreeg ze een beroerte.

De kappers gaan ook weer open. De neus- en oorharen en de wenkbrauwen moeten nodig bijgepunt worden. Alles in het hele lijf hobbelt achteruit, alleen beharing op plaatsen waar je het niet wilt tiert welig.

Zaterdag 9 mei

Beste meneer Groen ik hoop dat u van bloemen hout. Ik wel. Daarom heb ik een zakje zaadjes van zonnebloemen voor u gekocht ik hoop dat ze heel hoog worden.

Hoogachtend X

Dat was aardig. Al moest ik nu wel een grote pot en een zak tuinaarde kopen, anders kon ik de zaadjes nergens planten.

Ik heb het vermoeden dat mevrouw Staverman wel eens mijn geheime vriendin zou kunnen zijn. Ze zit opvallend vaak naar me te kijken en vroeg laatst of ik hobby's had.

Mevrouw Sliedrecht is ervan overtuigd dat zij een vriendin heeft en geen vriend want 'een man geeft natuurlijk nooit geen breiboek'. Dat schreef ze in de groepsapp.

Om haar in de war te brengen heb ik haar gisteren een kaart met een racewagen laten bezorgen.

Meneer Van Dorp, die hier met zijn vrouw woont, kreeg de *Playboy* opgestuurd. Hij meldde in de groepsapp: 'Ik vind mijn eigen vrouw mooier dan al die dames met die grote voorgevels van plastic.'

Ik vermoed dat zijn eigen vrouw bij het versturen van dat

appje met een pistool achter hem heeft gestaan.

Een dag later schreef Van Dorp dat hij de *Playboy* op de leestafel in de eetzaal had gelegd maar dat hij kort daarna was verdwenen. Of degene die het blad had geleend, het ook weer terug wilde leggen.

Vermoedelijk is er in het geval van de *Playboy* valsgespeeld.

Er worden mogelijk meer kaarten en presentjes verstuurd door onechte Secret Friends. Eén geval kwam aan het licht toen mevrouw Wagenaar in de appgroep haar Secret Friend bedankte voor een chocoladereep en mevrouw Alberts verbaasd antwoordde dat ze haar helemaal geen reep had gestuurd.

'Die reep zal dan wel van een aanbidder komen,' dacht Wagenaar.

'Dat moet dan wel een blinde aanbidder zijn,' appte ik. Niet echt natuurlijk, maar ik had graag wat onrust gestookt. Wagenaar is een kogelronde vrouw die denkt dat bijna alle mannen 'wel van een randje vet houden', zoals zij het zelf graag uitdrukt.

Zondag 10 mei

'Het geheugen van een dementerende brengt hem gemiddeld zo'n vijftig jaar terug in de tijd. Dan gaan we dus terug naar rond 1970.'

Aan het woord het hoofd van mijn afdeling, mevrouw Schutteveaar.

'Vertel eens, wat deed u zoal in die tijd, meneer Groen?'

Ik vertelde haar dat ik toen hoofdonderwijzer was op een basisschool, getrouwd met Rosa, en dat we worstelden met het verlies van onze dochter Aafke.

'Uw dochter is overleden?' vroeg ze.

'Ze is op vierjarige leeftijd met haar fietsje in de sloot gereden en verdronken. Mijn vrouw en ik dachten van elkaar dat de ander op haar lette. Een buurman zag het fietsje in de sloot liggen. Ik heb hem al duizend keren aan zien komen lopen met mijn dode meisje in zijn armen.'

'Wat verschrikkelijk. Een leven lang pijn.'

'Ja. Een leven lang pijn. En een leven lang zelfverwijt.'

Het was even stil.

Toen zei ik dat ik hoopte om als dementerende langer dan vijftig jaar terug in de tijd te gaan, namelijk naar de tijd dat mijn dochtertje nog leefde.

De zuster knikte. 'Dat hoop ik ook voor u.'

Nu er weer beperkt bezoek aan de verpleeghuizen mogelijk is, was mevrouw Schuttevaar bij me langsgekomen om een afspraak te maken voor een visite aan de gesloten afdeling.

We gaan volgende week maandag.

Het is vandaag Moederdag.

'Eert uw vader en uw moeder, opdat uw dagen verlengd worden in het land dat de Here uw God u geven zal.' (Exodus 20:12)

Ik ben zelf vroeger op de lagere school Bijbels gedrild.

Ik vond het als kind een prettig idee dat het lief zijn voor je vader en moeder ook nog een beloning opleverde. Het land van de Here stelde ik me destijds voor als een heel grote speeltuin en daar wilde ik best langer blijven.

Mijn moeder was een leuke lieve vrouw en een fantastische oma. Ze heeft na de dood van Aafke nooit meer gelachen. Hooguit een kleine glimlach. Mijn vrouw is in een gesticht terechtgekomen. Dat heb ik ook nog allemaal verteld aan de zuster.

Maandag 11 mei

Het was mooi strandweer gisteren, dat wil zeggen: zon, wind en Hollandse luchten.

Leonie en ik hadden met Frida afgesproken op de hoek van de straat. Ze was niet alleen deze keer, ze had een vriendinnetje meegenomen.

'Hallo lieve opa, dit is Irene, ze wou je graag een keertje zien.'

'Dag meneer,' zei Irene, 'Frida vertelt altijd zulke leuke verhalen over u.'

'Ik sta hier gewoon te glimmen van trots,' zei ik. 'Wat voor verhalen heeft Frida je bijvoorbeeld verteld?'

'Dat u een keer in uw badjas naar Albert Heijn bent gegaan,' zei Irene opgewekt.

Naast me hoorde ik Leonie hinniken. 'Nou, dat is zeker iets om trots op te zijn, Hendrik.'

Ik moest zelf ook lachen.

'Je moet niet al mijn domme dingen vertellen, Frida.'

'Ik heb er ook nog een paar niet verteld, hoor,' zei Frida. 'Bijvoorbeeld dat je een keer mijn pizza in de oven had gezet maar vergeten was hem uit de doos te halen.'

'Maar dat heb ik toen wel zelf ontdekt,' verdedigde ik me lachend, 'want toen zei ik: er komen rooksignalen uit de oven. Dat zijn vast indianen. We hadden geluk dat ik de batterijen uit de rookmelder heb gehaald, anders hadden we vast de brandweer op ons dak gekregen.'

Ik zag Leonie een beetje bedenkelijk kijken.

Ik weet eigenlijk niet of ik dat ook echt heb gedaan.

Ik had mevrouw Brioche verteld dat Roemeense zakkenrollers sinds kort ook een beroep kunnen doen op bijstand bij het speciale coronaloket voor zzp'ers. Door de verplichte anderhalve meter afstand kunnen ze hun beroep niet meer uitoefenen.

Mevrouw Brioche vond het een grof schandaal en vertelde het door aan iedereen die het maar horen wilde.

Ik had speciaal haar uitgekozen voor mijn eerste echte fakenieuws omdat ik wist dat ze de grootste roddelaarster van ons tehuis is.

Een half uurtje later kwam mevrouw Zwaan speciaal even bij mijn tafel langs om te vertellen dat Bulgaarse roofovervallers een uitkering krijgen tot ze weer kunnen overvallen. Ze sprak er schande van.

'Tis niet waar. Ongelooflijk. Waar moet dat heen?' zei ik hoofdschuddend.

'Nou nou,' zei mijn vriend Jojo, die alles op de voet gevolgd had, 'uw remmen gaan wel goed los, meneer Groen.'

'Een grapje moet kunnen, meneer Jojo.'

Woensdag 13 mei

Als ik het goed heb begrepen mogen er weer bezoekers komen, maar niet meer dan één persoon tegelijk. Ze moeten zich eerst aanmelden bij de portier. Daar komt dan een zuster om ze te temperaturen en daarna moeten ze een ingewikkeld parkoers langs pijlen en wegafzettingen volgen om een afgeschermd gedeelte van de eetzaal te bereiken. Bij de ingang staan flesjes ontsmettingsmiddel en moet de bezoeker een mondkapje op. Ze mogen niet aan dezelfde tafel zitten als degene die ze bezoeken en krijgen geen thee of koffie.

Meneer Tromp heeft mij toevertrouwd dat hij helemaal niet blij is dat er weer bezoek mag komen. Hij heeft een enorme hekel aan zijn bemoeizuchtige schoondochter.

'En die komt nu weer drie keer in de week met veel misbaar de overbezorgde mantelzorgster uithangen. Dit mag ik niet, dat mag ik niet. Dit moet zus, dat moet zo. Ik word er gek van.'

'Misschien moet je dat eens zeggen?' stelde ik voor.

Dat vond Tromp moeilijk. 'Ik hou mijn mond voor mijn zoon. Die heeft het al moeilijk genoeg met haar.'

Ik laat Frida voorlopig nog niet op bezoek komen. Dat zogenaamde nieuwe normaal wil ik haar besparen. Dan schaken we nog maar een tijdje online. En we spreken ook gewoon nog steeds af op het strand.

Het is al weken prachtig weer. Ik heb gewoon een bruine kop van het wandelen. Heerlijk. Ik geniet elke dag.

Donderdag 14 mei

Ik doe zulke stomme dingen.

We aten ouderwets vieze bloemkool met een wittig papje, zoals mijn moeder dat tachtig jaar geleden maakte. De kok hier denkt daar 'die oude mensen' een plezier mee te doen. En eerlijk gezegd doet hij dat ook bij een groot aantal bewoners. Maar niet bij mij. Ik krijg nare herinneringen aan de kookkunst van mama. Alle groenten steevast helemaal suf gekookt, veel te zoute aardappelen, lepel jus erover en prakken maar. En één doorregen sudderlapje voor drie dagen voor het hele gezin.

Ik sprong terug in de tijd en zat weer bij mijn vader en moeder aan tafel.

'Ik lust het niet.'

Ik schoof mijn bord opzij.

Iets te ver, want met luid gerinkel viel alles op de grond.

'Wat doe je nou, Hendrik?'

Ik staarde in de opengesperde ogen van Leonie tegenover mij aan tafel.

'Ik... ik weet het niet. Ik was met mijn gedachten ergens anders. Ik was thuis.'

Ik keek om me heen. Er zijn tegenwoordig weer aardig wat mensen die gewoon beneden durven te eten en die keken allemaal verbaasd mijn kant op.

'Wat doet u nu? Wat doet u nu?' klonk het van drie kanten.

Ik ben diep door het stof gegaan en zei dat ik een black-out had. Samen met de toegesnelde zuster en Leonie hebben we op onze knieën de scherven en het eten opgeruimd.

Toen ik even later weer op mijn stoel zat, zat Evert naast me.

'Je bent goed bezig, Henkie. Een beetje reuring in die tent hier kan geen kwaad. Zo hou je ze een beetje wakker.'

Vrijdag 15 mei

Ik wandelde nietsvermoedend met Juffrouw Jansen naar het strand. Dan kom ik altijd langs een vijvertje. Op het gras vlak naast het water zaten twee kleine kinderen te spelen. Er was geen vader of moeder te bekennen.

Het bloed trok weg uit mijn hoofd.

'Komen jullie eens onmiddellijk van het gras af en achter het hekje hier,' zei ik. Ik geloof dat mijn stem een beetje boos klonk. De kindjes, een jaar of vier, vijf, schrokken in ieder geval flink. Een van de twee begon te huilen.

Ik wilde op ze af stappen om ze te troosten, maar achter me klonk een schelle stem: 'Wat moet dat bij mijn kinderen?'

'Ik heb alleen even gevraagd of ze achter het hekje verder wilden spelen.'

'Bemoeit u zich met uw eigen zaken, meneer, en niet met andermans kinderen.'

Toen knapte er iets bij mij.

'Mevrouw, MIJN dochtertje is verdronken. Met haar fietsje de sloot in gereden. De allerliefste van mijn leven. Een huilende buurman droeg mijn kletsnatte Aafke in zijn armen. Ik dacht dat mijn vrouw op haar lette. Mijn vrouw dacht dat ze bij mij was. En nu zie ik uw kinderen hier op het gras vlak bij het water... en...'

Ik stond te huilen.

De vrouw mompelde iets van 'sorry' en riep haar kinderen bij het water vandaan.

Juffrouw Jansen sprong voorzichtig tegen me op en likte mijn hand.

Maandag 18 mei

Het was een bijzondere ochtend. Ik ben met zuster Schuttevaar op visite bij het verpleeghuis geweest. Het is een apart gebouw op ongeveer honderd meter afstand van ons huis, in dezelfde straat. Zo konden beide huizen van de gemeenschappelijke voorzieningen gebruikmaken, zal ooit het idee zijn geweest. Die voorzieningen zijn alleen inmiddels grotendeels wegbezuinigd.

De zuster was me komen halen en samen gingen we de deur uit.

Ik liep er voor mijn doen fit bij. Ik hang graag het kranige, goed gesoigneerde oude heertje uit, ook al ben ik negentig.

De zuster keek een paar keer opzij.

‘Ik weet dat het misschien tegen het zere been is, maar zou u uw rollator niet meenemen?’

‘Dat is inderdaad precies tegen het zere been, zuster.’

‘Nou, dan heb ik niks gezegd. Geef me dan maar een arm.’

‘Mag dat wel van de coronapolitie?’

‘Ik ben gisteren getest. Gezond als een vis. Dus ik doe gewoon alsof ik uw dochter ben als de boa’s komen.’

Ik haakte in. ‘U bent een schat,’ zei ik, ‘het zou me een eer zijn als ik van u corona mocht krijgen.’

Ze lachte.

In het verpleeghuis viel het me eerlijk gezegd niet tegen. Het stonk er niet. Nou ja, hooguit een beetje naar oude mensen. Het was er schoon en opgeruimd. Vrolijke inrichting, een bloemetje op tafel. Er stond een muziekje op, iets uit de jaren zestig, en er werden bordspelletjes gedaan door een paar bewoners. Twee oude dames waren zelfs aan het sjoelen. Af en toe vloog er een schijf door de kamer. Dan werd er gelachen.

Het was natuurlijk niet allemaal koek en ei. Er zaten ook een paar mensen wezenloos voor zich uit te kijken. Een oud mannetje drentelde onophoudelijk van de tafel naar de deur en terug.

‘Mijn sleutels, hebt u mijn sleutels gezien?’ vroeg hij aan niemand in het bijzonder.

Een keurige oude dame zong om de paar minuten dezelfde twee regels uit ‘Brandend zand’ van Anneke Grönloh:

‘Zwarte Dino, jij wou Nina, die met Rocco was verloofd.

En toen Rocco werd gevonden, werd jouw onschuld niet geloofd.’

‘Hou nou eens je mond, mens!’ riep haar buurvrouw.

‘Ik heet geen mens, ik heet Nina.’ Daarna gaf ze de ander een hand.

Zuster Schuttevaar vroeg wat ik ervan vond. Ik zei dat het tegelijk confronterend en geruststellend was.

Ik wil graag vrolijk dement worden, en zo niet, dan wil ik dat iemand me uit mijn lijden verlost. Ik weet dat dat laatste niet gaat gebeuren. Als ik zelf niet meer kan beslissen, kan een ander dat ook niet voor mij doen. Ik heb nu nog veel plezier in het leven, samen met de mensen die ik liefheb, dus ik waag het erop: ik ga voor een happy end.

'Je weet het natuurlijk nooit zeker, meneer Groen, maar ik durf er wel een flesje wijn op in te zetten dat u een happy demente wordt.'

'Dan geef ik u voor de zekerheid die fles wijn vast, zuster, voor als ik verlies, en dan geeft u mij vast een fles voor als ik win en dan drinken we die binnenkort samen op,' stelde ik voor.

Mevrouw Schuttevaar vond het een uitstekend plan.

Woensdag 20 mei

Ik weet niet meer wat er is gebeurd.

Ik kan me nog herinneren dat ik met Juffrouw Jansen naar buiten ging. De portier zei iets over het mooie weer, dat weet ik ook nog. Daarna zit er een gat in mijn geheugen tot ik het tehuis weer binnenkwam en de portier vroeg waar mijn hond was.

Ik was onderweg ergens Juffrouw Jansen kwijtgeraakt.

Ik was helemaal in de war en wilde meteen weer terug naar buiten gaan. De portier hield me vriendelijk tegen en zette me op een stoel.

'Hier blijven zitten, meneer Groen. Ik ben zo terug.'

Even later was hij terug met Leonie.

'Weet je nog waar je hebt gewandeld?' viel ze met de deur in huis.

Ik dacht en dacht en dacht. Er kwam een vaag beeld boven.

'Misschien bij het speeltuintje?'

We liepen samen in de richting van het speeltuintje dat zich op een paar minuten lopen van ons huis bevindt. Halverwege kwam ons een jongetje tegemoet van een jaar of tien dat werd voortgetrokken door een vrolijk kwispelende Juffrouw Jansen.

'O, daar ben je, deugniet,' zei ik zeer opgelucht.

'U was opeens weg, meneer,' zei het jongetje verontschuldigend, 'terwijl wij nog met de hond aan het spelen waren.'

'Hartstikke goed dat jullie zolang op hem hebben gepast,' zei Leonie.

Ik gaf het jochie een tientje.

Hij keek erg verbaasd, riep toen snel 'Dank u wel, meneer!' en maakte zich uit de voeten.

'Nou, Hendrik, die komt met alle plezier de volgende keer weer de hond terugbrengen. Die heeft nog nooit zo makkelijk een tientje verdiend.'

'Was dat te veel? Toch niet voor Juffrouw Jansen?'

'Het is goed, Hendrik. Blij dat hij terecht is. Neem me de volgende keer dat je de hond uitlaat maar weer mee. Mij of Frida.'

Ik was de rest van de dag van slag.

Evert sprak me nog quasistreng toe: 'Verdomme Henkie, ik heb je die hond gegeven zodat hij een beetje op jou kan passen, maar als jij hem steeds kwijtraakt kan hij zijn werk niet doen.'

Ik heb beterschap beloofd.

'Nee hoor, Hendrik, geen zorgen, die hond is veel slimmer dan een mens. Die vindt jou altijd terug. En nou eerst maar eens een lekker wijntje.'

Ik schonk twee glazen in maar toen ik me omdraaide was hij verdwenen.

Ik begin me van alles te verbeelden.

Ik heb ze maar allebei opgedronken.

'Daar ga je, ouwe grappenmaker.'

Donderdag 21 mei

Of ik even bij de directeur wilde komen. Ik ging met lood in mijn schoenen.

'Goedemorgen, meneer Groen.'

'Goedemorgen, meneer.'

Hij bood mij op gepaste afstand een stoel aan.

'Mij is ter ore gekomen dat u gisteren uw hond bent kwijtgeraakt.'

'Nou, kwijtgeraakt, kwijtgeraakt... Hij was even weggelopen en even later heb ik hem weer gevonden. Van wie hebt u dat trouwens gehoord?'

'Dat doet er nu even niet toe. Ik heb een iets andere versie van het verhaal gehoord.'

'O.'

Er viel een stilte, waarna de directeur weer het woord nam.

'Als u niet meer in staat bent om voor uw hond te zorgen, moeten we samen zoeken naar een oplossing.'

'Als die oplossing eruit bestaat dat de hond weg moet, dan noem ik dat geen oplossing.' Ik voelde de tranen prikken van woede en verdriet.

Nou, zo'n vaart zou het volgens de directeur niet lopen, maar ik moest toch wel echt maatregelen treffen om herhaling te voorkomen. Ik geloof dat hij oprecht bezorgd was en met me te doen had.

Een uurtje later klopte Schuttevaar op mijn kamerdeur. De directeur had haar gevraagd een extra oogje in het zeil te houden en ze kwam me geruststellen.

'Geen zorgen, niemand pakt zomaar Juffrouw Jansen van u af.'

Ik vroeg haar of zij wist wie mij verraden had bij de directeur. Ze wist het niet.

Vrijdag 22 mei

Ik heb Leonie gevraagd hoe het met mijn dagboek gaat.

'Is het nog een beetje leesbaar, of moet je veel veranderen? Eerlijk antwoorden, hè.'

Leonie dacht even na.

'Het gaat wel achteruit, Hendrik. Het wordt af en toe een beetje onsamenhangend. Er ontbreken vaak woorden, soms hele zinnen. Gelukkig heb je me de meeste dingen ook al verteld. Soms al een paar keer.' Ze lachte een charmant lachje. 'Dus dan weet ik wel wat je bedoelt als je het een beetje rommelig opschrijft.'

Ik weet dat ik regelmatig in herhaling verval. Meneer Jojo is heel eerlijk, die zegt elke dag wel een paar keer vriendelijk en geduldig dat ik iets al eerder heb verteld.

Leonie verzekerde me opnieuw dat ze het heel leuk vindt om mijn dagboek na te kijken.

Ik had vroeger ook veel nakijkwerk. Soms wel zestig schriften op één dag. Meestal sommen of taal. Soms aardrijkskunde.

Ik maakte bij sommige leerlingen af en toe expres een foutje bij het nakijken. Dan kwamen ze met hun schriftje terug bij mij, om te laten zien dat ik iets fout had gedaan, apetrots dat ze me konden verbeteren. Dan kregen ze een extra stempel.

Het schrijven wordt inderdaad moeilijker.

Soms kan ik de letters niet meer vinden. Dan zweven mijn wijsvingers secondelang boven het toetsenbord, op zoek naar bijvoorbeeld de v of de K. En dan gebeurt het ook nog wel eens dat ik, vóór ik de gezochte letter heb gevonden, niet meer weet welke ik ook alweer aan het zoeken was. Dat haalt de snelheid er nogal uit.

De meeste woorden zitten nog wel in mijn hoofd, maar ik krijg de bijbehorende luikjes niet meer open. Dan wéét ik dat er een geschikt woord bestaat om iets mee te zeggen, maar dan kan ik er niet bij. Soms valt het gezochte woord dan uren later onaangekondigd uit mijn hersens, voor me op tafel.

Veel mensen hebben dat, maar niet zo vaak als ik.

Ik heb altijd een schriftje bij me om teruggevonden woorden op te schrijven, voor ze weer in de mist verdwijnen. Dat leidt er wel toe dat ik soms woorden in mijn schrift zie staan waarvan ik denk: wat moest ik daar ook alweer mee?

Ik maak er maar een soort puzzel van. Dan ben ik blij als ik zo'n woordje weer ergens kan inpassen. Zo valt er goed mee te leven.

Zaterdag 23 mei

Ik heb gisteren een heerlijke wandeling op het strand gemaakt. Het kan misschien ook eergisteren zijn geweest. Nou ja, wat maakt het uit.

Het was druk op het strand, want het was Hemelvaart. Er liepen flink wat corona-boa's rond om te kijken of het niet te druk werd en of de mensen niet te veel boven op elkaar gingen zitten.

Ik had een beetje medelijden met ze, want het was zomers warm en ze hadden bepaald geen luchtig uniformpje aan. En dan al die opgewekte mensen in badpak om hen heen die een metertje uit elkaar schoven als ze die uniformen aan zagen komen wandelen en weer terugschoven als ze de handhavers weer in de verte zagen verdwijnen.

Evert had een enorme hekel aan uniformen.

We werden ooit aangehouden toen we actievoerden voor het behoud van een oorlogsmonument in onze wijk. Dat wilde de gemeente verplaatsen voor een of ander klotig kantoorgebouw.

Toen twee agenten Evert aan zijn armen trokken om hem weg te krijgen, liet hij een keiharde scheet.

'Hé, hoor je dat, Hendrik, ik kan opeens trompet spelen,' riep hij uit en hij liet er nog een, vlak voor de agent die hem vasthield. 'Pas op brigadier, straks blaas ik je pet eraf.'

De politieman dreigde hem te arresteren wegens belediging van een ambtenaar in functie.

Dat was dom.

Waar hij ze vandaan haalde weet ik niet, maar Evert liet nóg een knetterende scheet en zei: 'Nou, arresteer me dan maar, commissaris, speel ik op het bureau nog even verder.'

De agent had zijn hand overspeeld. Evert stond er nu op gearresteerd te worden, terwijl ze hem voor geen goud wilden meenemen naar het bureau.

'Ik eis nú gearresteerd te worden!' riep hij en hij stak zijn handen naar voren om zich te laten boeien.

Uiteindelijk zijn de twee agenten met de staart tussen hun benen vertrokken.

Het monument staat er nog steeds.
Jezus, Evert, wat heb ik gelachen toen.

Maandag 25 mei

'Als ik over een tijdje op de gesloten afdeling terechtkom, dan ben ik al zo ver heen dat ik me daarvan nauwelijks iets realiseer.'

'Hè gatsie, Hendrik, daar heb ik nu even geen zin in. Drink nou maar je koffie op, dan kunnen we naar het strand.'

Leonie kan er soms slecht tegen als ik over het verpleegtehuis begin.

Meneer Jojo niet. Die vroeg belangstellend of ik mijn verblijf op de afdeling dementie dan graag bewuster wilde meemaken.

Ik dacht diep na. Het valt niet altijd mee om de dingen op een rijtje te houden.

'Ja, dat zou ik denk ik wel willen. Tenzij je onder de bus komt, hoort de aftakeling bij het leven. Daar zou ik, zolang als dat draaglijk is, wel iets van willen meekrijgen. Ik ben best een beetje benieuwd of ik er vrede mee zou kunnen hebben.'

Meneer Jojo vond het blijkbaar een interessante gedachte.

'Misschien moet je dan de komende tijd je verwardheid wat overdrijven. Dan word je wat eerder opgenomen en kun je er met je halfvolle verstand nog wat rondkijken. Mij lijkt het nogal ontluisterend.'

Dat laatste, daar was ik ook erg bang voor, maar toch...

Er is ook een boek over iemand die net doet alsof hij dement is om opgenomen te worden. Of misschien zat die al in een verpleegtehuis. Ik zou dat wel willen lezen, maar lezen lukt bijna niet meer. Een of twee bladzijdes en dan houden de zinnen op betekenis te hebben.

Zou het moeilijk zijn om net te doen alsof?

Dinsdag 26 mei

De mythe van 'ouder dus wijzer' berust op een misverstand. In ieder geval hier, in dit tehuis. Als ik om mij heen kijk zie ik verbazingwekkend weinig wijsheid. Dat geldt ook voor mij. Ik word onontkoombaar ouder, maar helaas ook onontkoombaar dommer.

Ik ga proberen een beetje prettig dom te worden. Niet drammerig en eigenwijs dom, maar meer 'sorry, ik kan er niet zo veel aan doen'-dom. Ik vrees wel dat mijn dementie op den duur weinig ruimte laat voor zelfsturing. Uiteindelijk wordt alzheimer toch de baas.

Zaterdag 30 mei

'De tijd is mild voor je geweest, Hendrik. Je bent een zeer aantrekkelijke negentiger.'

'Dank je, Eefje, maar jij mag er ook nog zijn. Ik zie regelmatig mannen die bijna hun nek verdraaien om je na te kijken.'

Eefje lachte. 'Beginnersfout, Hendrik, nooit overdrijven, het moet wel een béétje geloofwaardig blijven.'

'Was ik nog maar negenentachtig, dan wist ik het wel, dan sleurde ik je mijn bed in.'

'Praatjesmaker. Ik moet weer eens gaan. Kusje.'

'Zo leuk je weer eens gezien te hebben.'

Zondag 31 mei

Pinksteren.

Toen ik een klein jongetje was zat ik op een katholieke lagere school met paters. Ik ging elke zondag naar de kerk. Ik was onder de indruk van het grote gebouw, de wierook, het galmende orgel, de kostuums van de paters.

Een keer was er een bisschop in onze kerk voor iets belangrijks. Hij had geen baard maar verder leek hij sprekend op Sinterklaas. Ik vond dat, als negenjarig jongetje, geen goed teken. Het was nog maar kort daarvoor dat ik ernstig teleurgesteld was in de grotemensenwereld, namelijk toen mijn vader en moeder me vertelden dat Sinterklaas niet bestond.

Vanaf dat moment vreesde ik dat ze me op een kwade dag bij zich zouden roepen om te vertellen dat God ook niet bestond.

Ik twijfelde toch al een beetje aan Hem vanwege dat verhaal van die ark van Noach, waar van alle dieren één paartje aan boord gebracht moest worden. Ik las namelijk veel natuurboeken. Was Noach dan, net voor de bui losbarstte, snel naar Australië gevaren om een paar kangoeroes op te halen, daarna doorgegaan naar Afrika voor twee giraffen, naar de Noordpool voor een echtpaar ijsberen en vlug verder gereisd naar Amerika om twee bizons op te pikken? Dat was toch een enorm gedoe voor die Noach? Dat alle andere dieren verdronken vond ik trouwens behoorlijk zielig. Die hadden niks misdaan. Alleen de vissen hadden mazzel. Dat gunde ik ze heus wel (alleen haaien en kwallen niet), maar het leek me willekeur.

Ik had ook gelezen dat er wel tienduizend verschillende soorten lieveheersbeestjes zijn. Die kon Noach toch nooit allemaal verzameld hebben voordat het zo hard ging regenen?

Nee, bij deze God klopte er iets niet, dat wist ik vrij zeker.

Ik ben nog jaren op zondag naar de kerk gegaan, maar meer uit gewoonte dan uit overtuiging. Toen Aafke verdronk, is mijn God ook verdronken.

Maandag 1 juni

Ik heb samen met Leonie drie tafels gereserveerd bij het visrestaurant hier in het dorp voor de volgende reünie van Omanido. Dat leek me wel genoeg voor zes mensen. Moet die restauranthouder maar uitzoeken hoe we mogen zitten. Ik ken de weg niet in de doolhof van regels die gelden voor terrassen, restaurants, winkels, kappers, bejaardenhuizen, verpleeghuizen en God weet waar nog meer. En die regels veranderen ook nog elke week. Kafka, in zijn graf, stikt van het lachen. Ik loop ook regelmatig per ongeluk tegen de pijlen in. Soms biedt iemand de helpende hand, maar vaker krijg ik boze blikken.

Ik heb al mijn handen vol aan het oude normaal, moet ik me nu opeens elke week aan weer een gloednieuw normaal houden. Zo veel veranderingen kan ik niet bijhouden.

Ik had mevrouw Schuttevaar gevraagd of we, net als de vorige keer, het kleine vergaderzaaltje mochten gebruiken voor onze reünie, maar dat kon in verband met corona helaas niet. Ze vond het jammer.

'Jullie hadden het de vorige keer zo gezellig, dat ik me toen had voorgenomen de volgende keer zogenaamd toevallig even naar binnen te stappen,' lachte ze.

Gelukkig was Leonie meegegaan met reserveren, want ik wist opeens niet meer alle namen van de Omanido-leden. Die moest ik opgeven van de coronapolitie.

Iedereen komt. Leonie heeft ze allemaal gebeld en stuk voor stuk waren ze enthousiast.

Ria en Antoine aan tafel 1, Edward en Graeme aan tafel 2 en Leonie en ik aan tafel 3. En daarna rouleren we gewoon per gerecht. Ik heb gevraagd of ze de tafels zo dicht mogelijk bij elkaar willen zetten.

'Anders gaan we schreeuwen, ziet u,' waarschuwde ik de ober.

'Ik zal oordopjes in doen,' zei die lachend en hij beloofde zijn best te zullen doen.

'O ja, en een beetje duidelijke looppijlen graag, want we zijn nogal kippig.'

Leonie stootte me aan en beduidde dat ik een beetje moest dimmen.

Over een week is het zover. Ik ga proberen nog één keer te speechen.

Dinsdag 2 juni

Er zijn in Nederland ongeveer 130.000 dementen. Nu iets minder. Maar zelfs als alle c-doden in de verpleegtehuizen zouden zijn gevallen, zijn er nog zo'n 124.000 over.

Binnenkort ben ik er een van.

Gedeelde smart is in dit geval geen halve smart. Want als je dement bent, heb je werkelijk geen idee meer van die 123.999 andere dementen. Zelfs niet van die twee die bij je aan tafel zitten. En dat is maar goed ook. Ik geloof toch al niet zo erg in gedeelde smart. Ik neig soms naar het tegenovergestelde: gedeelde smart is dubbele smart.

Nu schijnen we opeens te kampen met ondersterfte: er gaan niet meer, maar minder mensen dood dan normaal. Dat komt zeker doordat alle kwetsbare oude mensen op hun kamertje blijven en dus geen gewone griep krijgen. Of niet onder een auto komen met oversteken, of hun heup niet breken als ze van een scheef stoepje af stappen en daarna niet aan de complicaties kunnen overlijden. Zou het zoiets zijn?

Ik snap het niet meer. Ik wil het ook niet meer snappen.

Ik ga wandelen met Juffrouw Jansen en app Frida of ze zin heeft naar het strand te komen om met de hond te spelen.

Ondersterfte is wel prettig voor de begrafenisbranche. Kunnen ze even op adem komen.

Woensdag 3 juni

Ik was weer in de war.

Ik vertelde meneer Jojo dat ik vorige maand mijn achtentachtigste verjaardag heb gevierd. En dat ik dat zo'n mooi getal vond omdat je het naar twee kanten kunt omdraaien.

Toen begon ik te twijfelen. Was dat wel vorige maand?

Leonie zat bij ons aan tafel.

'Wanneer ben ik ook alweer jarig, Leonie?' vroeg ik.

'Je bent in september jarig, Hendrik, en ik moet je teleurstellen: je bent geen achtentachtig maar negentig jaar.'

'Maar u ziet eruit als achtentachtig en geen dag ouder,' zei Jojo vrolijk.

Dat was lief van hem.

Donderdag 4 juni

Ik liep door het dorp. Het was een beetje regenachtig weer. Ik wandelde zomaar wat. Ik kwam bij de bakker vandaan. Dat wist ik omdat ik krentenbollen bij me had. Gelukkig maar, want ik begon trek te krijgen.

Er was een bankje, goed voor de vermoeide voeten.

Ik keek om me heen. De omgeving kwam me wel bekend voor, maar ik kon het niet meer zo goed plaatsen. Ik at een krentenbol. En daarna nog een. Maar toen moest ik toch weer eens op huis aan. Ik besloot nog even te wachten tot ik weer wist waar ik was.

Toen zag ik tot mijn geluk Leonie in de verte aankomen. Ze zwaaide uitbundig naar me.

'Hè hè, gevonden,' zei ze en ze ging met een zucht naast me zitten.

'Was je me aan het zoeken, schat?'

'Nou, een beetje wel ja. Je bent al bijna twee uur op pad.'

'Tjee, wat gaat de tijd toch snel. En dat voor alleen even naar de bakker.'

'Je bent steenkoud en nat geworden, Hendrik. Kom, we gaan naar huis.'

Ik had het inderdaad koud, maar ik had ook alleen maar een overhemd met korte mouwen aan.

Vrijdag 5 juni

Leonie kreeg van haar geheime vriend twee Franse ansichtkaarten met recepten. Een recept voor bloedworst met appel en iets met een Franse bonenschotel.

‘Dank voor de recepten,’ schreef ze in de groepsapp, ‘maar mijn Frans is slecht en ik ben bang dat het brandalarm afgaat als ik dit op mijn kamertje ga uitproberen. Beste vriend, heb je ook een mooi recept voor een salade?’

De volgende dag schoof er een folder onder de deur door: ‘Tien recepten voor bijzondere salades’.

Omdat mevrouw Sliedrecht de vorige keer zo blij was met haar gedicht heb ik haar nog maar een versje gestuurd:

Kalm en rustig bij het raam
Statig, stijlvol en voornaam
Breiend is zij zeer bekwaam
Mevrouw Sliedrecht is haar naam

Nou ja, het rijmt in ieder geval.

Poëzie is blijkbaar in de mode. Want ik kreeg zelf een ansichtkaart met een hondje waarop stond:

als ik even heb niets te doen
kijk ik graag naar meneer Groen
die heeft altijd wat te doen
of het nou nu is of toen

Daar zou zelfs Sinterklaas niet mee wegkomen. Maar tegelijk is het vertederend knullig.

Ik ben geen steek opgeschoten met mijn handschriftonderzoek. Alleen Jojo en Leonie, degenen van wie ik het juist niet nodig had, boden spontaan aan iets voor me op papier te zetten. Alle andere bewoners weigerden hun medewerking.

Zaterdag 6 juni

Ik heb heerlijk met Eefje over het strand gewandeld. Arm in arm. Ze wees me op alle vogels die we zagen. Eerst wind tegen en bij de strandpaal omdraaien en terug met wind mee. Tot het strandpaviljoen. Eerst een kopje thee. Daarna een wijntje.

'Ik vind het niet erg hoor, maar je noemde me steeds Eefje,' zei Leonie toen we weer voor de deur van ons huis stonden.

Ik schrok en bood haar mijn excuses aan.

'Dat hoeft toch niet, Hendrik. Ik vind het zelfs eervol. Ik weet hoe gek je op Eefje was.'

Ik weet niet waarom, maar ik werd opeens erg verdrietig. Leonie sloeg een arm om me heen.

'Het is ook zo'n rottige verwarrende ziekte, die alzheimer. Probeer je er maar zo min mogelijk van aan te trekken.'

Dat probeer ik, maar soms wordt het me te machtig.

Zondag 7 juni

Mijn vriend en ex-collega-bovenmeester, meneer Jojo, de man van de cijfers, heeft een pamflet opgesteld en op het prikbord gehangen. Hij had voor de geïnteresseerden een aantal kopietjes van zijn pamflet op de tafel naast het prikbord gelegd.

Geachte bewoners,

Voor belangstellenden in een korte theoretische en cijfermatige onderbouwing van de gebeurtenissen in de coronacrisis heb ik voor u een aantal zaken op een rijtje gezet.

Allereerst ter geruststelling: er zijn plekken op de wereld waar het er beslist minder rooskleurig voor staat, maar hier in Nederland hebben we het virus vooralsnog aardig onder controle. Er zijn gisteren in Nederland officieel 8 mensen overleden aan corona. Dat is 1 op elke 2 miljoen Nederlanders. Gemiddeld overlijden er elke dag 420 Nederlanders. 2% daarvan overleed gisteren aan corona.

Uit deze cijfers kunt u opmaken dat u zich momenteel weinig tot geen zorgen hoeft te maken. Er is statistisch gezien geen enkele reden om geen bezoek te ontvangen of niet naar de conversatiezaal te komen.

Er heerste vanaf het begin van de corona-uitbraak grote angst en onzekerheid bij heel veel Nederlanders en speciaal bij ouderen. Die kwam vooral voort uit het gebrek aan kennis over het virus en de onvoorspelbaarheid en onzichtbaarheid ervan.

Dit zorgde ervoor dat mensen het gevoel kregen de controle kwijt te zijn. Een van de manieren om controle terug te krijgen is te rade gaan bij deskundigen. Maar de deskundigen hadden weinig te bieden: ook zij wisten nog niet of nauwelijks wat we moesten doen. Dat versterkte de al heersende onzekerheid in plaats van haar weg te nemen. Daarbovenop kwam een grote hoeveelheid onzorgvuldige, incomplete, tendentieuze, eenzijdige, sensatiegerichte en uit zijn verband gehaalde informatie van radio, tv en schrijvende pers. De angst en onzekerheid van veel mensen sloeg hierdoor om in paniek.

Op geen enkel moment heeft het aantal door corona verloren levensjaren deze paniek gerechtvaardigd. Ter illustratie zij hierbij opgemerkt dat het officiële aantal coronadoden in Nederland tot op heden nog steeds lager is dan het geschatte aantal slachtoffers van de zware griepgolf die ons land trof in de winter van 2017-2018. Het enige wat echt zorgwekkend is geweest, is het capaciteitsprobleem van de uitgeklede, kaalbezuinigde zorgsector.

De overheid moest, onder druk van de publieke opinie, in moderne termen 'daadkracht tonen'. Zij had weinig andere middelen dan het uitvaardigen van regels en dat deed zij dan ook in ongekende mate. Voor de zekerheid koos de overheid voor liever te veel regels dan te weinig, ook al was vaak onduidelijk wat voor effect de opgelegde regels sorteerden.

Het is een misvatting te denken dat als je heel veel regels uitvaardigt, iets daarmee dan ook automatisch goed geregeld is. Het omgekeerde kan het geval zijn: hoe meer regels, hoe slechter geregeld.

Het resultaat van het overheidsingrijpen was dat er, naast nuttige regels, ook tegenstrijdige regels, inconsequente regels, overbodige regels, contraproductieve regels en onbegrijpelijke regels werden uitgevaardigd. Alle negatieve gevolgen van de regels werden in eerste instantie voor lief genomen. Het doel heiligde de twijfelachtigheid van veel middelen.

Inmiddels is het coronavirus in Nederland getalsmatig onder controle maar gaat de economische, sociale en maatschappelijke schade ten gevolge van de regels ter bestrijding van corona ons nog jaren parten spelen.

Wellicht is het een schrale troost voor de meeste bewoners van verpleeg- en verzorgingshuizen dat ze dat allemaal niet meer hoeven mee te maken.

Ik hoop u met bovenstaande analyse enig inzicht verschaft te hebben in de coronacrisis en tevens in ruime mate geruststelling te hebben geboden.

Hoogachtend, W.J. Handjojo

Wauw! Indrukwekkend!

Ik heb er, samen met Leonie, heel lang over gedaan om alles te lezen en nog langer om het ook een beetje te snappen. Slimme kerel, mijn vriend Jojo. Te slim voor mij. Of ben ik te dom voor hem geworden?

'Zou ik dit vroeger wel gesnapt hebben?' vroeg ik aan Leonie.

Ze dacht na.

'Vast wel, Hendrik.'

Ik vond dat ze er te lang over had moeten nadenken.

Maandag 8 juni

Het coronapamflet van meneer Jojo is gisteravond van het prikbord verwijderd. De kopietjes zijn ook weggehaald. Er stond niet bij wie dit had gedaan en niemand eiste de verantwoordelijkheid op.

Jojo heeft, zonder er een woord aan vuil te maken, een nieuw exemplaar opgehangen en nieuwe kopieën neergelegd.

Morgen is de reünie. Ik probeer al dagen een speech te schrijven maar het lukt me niet. Het is om wanhopig van te worden.

Ik schrijf een paar zinnen op waar ik best tevreden over ben, ga beneden een kopje koffie drinken, kom terug, lees nog eens over wat ik heb geschreven en moet alles in de prullenbak gooien. Óf te warrig, óf te flauw.

Ik heb Leonie gevraagd me te helpen. Ze komt vanmiddag.

Ik las vorige week ook een paar stukjes dagboek terug die nog niet door Leonie waren nagekeken. De conclusie: het wordt er niet beter op. Ik snapte een paar keer zelf niet wat de schrijver ons probeerde duidelijk te maken.

Toen ik later dezelfde stukjes las, maar nu nadat Leonie er een en ander in had veranderd, waren het opeens lekker leesbare stukjes geworden. Ik moest een paar keer glimlachen om de grapjes. Sommige waren geheel nieuw voor mij. Misschien schrijft mijn vrouw er af en toe wat bij?

Dinsdag 9 juni

Mijn tafelrede voor de reünie is klaar.

Vroeger zei ik vaak als grap: 'Ik ben gekke henkie niet.'

Nu ben ik daar niet zo zeker meer van. Want, zeer geachte en geliefde Omanido-vrienden, ik kachel behoorlijk achteruit.

Ik ben daarom nóg verheugder dan normaal jullie allemaal te mogen begroeten.

Graeme, Ria, Antoine, Edward en Leonie, wat is de tijd mild voor jullie geweest en wat ben ik blij dat ik jullie nog allemaal herken.

Mijn hart maakt altijd een sprongetje van vreugde als ik Omanido weer als vanouds om de tafel zie zitten, of in dit geval om drie tafels. Iedereen gezond en wel. Het zou mij ook hogelijk verbaasd hebben als zo'n virusje ons eronder had gekregen.

Ik heb in Amsterdam-Noord enkele van de mooiste jaren van mijn leven gehad en dat kwam niet door de haute cuisine aldaar of de architectonische schoonheid van het gebouw; dat kwam door jullie. Wat hebben we heerlijk gelachen, gegeten, gedronken en gefeest. Wat een prachtige uitjes hebben we georganiseerd. Maar er was, als dat nodig was, ook een arm om je heen en een luisterend oor.

We hebben het beste in elkaar naar boven gehaald. Ik denk daar bijna dagelijks met veel plezier en een beetje weemoed aan terug.

Dat terugdenken zal niet zo lang meer gaan. Ik zei het al: ik ben gekke Henkie aan het worden. Ik heb alzheimer. De volgende keer noem ik jullie papa of mama en loop ik steeds rondjes om de tafel.

Maar pas als ik met doperwtjes begin te schieten en de kostelijke wijn in mijn boordje giet is het genoeg geweest, dan mogen jullie me in het verpleeghuis laten.

Ik heb het al vaak gezegd, maar herhaal het met plezier: Godverdomme, wat heb ik van jullie genoten. Bedankt, bedankt, bedankt.

Graag hef ik het glas. Laat de drank vloeien en brand je bek niet aan de bitterballen.

Leve Omanido, hoera, hoera, hoera.

Het heeft me een paar uur zwoegen gekost maar het kan ermee door. Leonie heeft mijn toespraak gecontroleerd, gecorrigeerd en er een paar lelijke woorden uit gehaald.

Ze zei: 'Mooie tafelrede, Hendrik, ik heb hem alleen hier en daar een beetje gekuist als je het goedvindt.'

Ik vond het goed. Ze heeft gelijk: vloeken mag, maar met mate.

Nu moet ik me gaan omkleden voor de reünie. Hendrik het heertje gaat op stap.

Woensdag 10 juni

Ik kreeg na mijn toespraak een zittende ovatie. Er blonk een enkel traantje en ik werd omhelsd. De eigenaar van het restaurant keek een beetje benauwd naar de voordeur of er geen boa's op het punt stonden binnen te vallen, maar deed verder niet moeilijk. Ook niet toen we langzaam maar zeker de stoelen wat dichter naar elkaar toe schoven.

We hebben ouderwets gelachen, heerlijk gegeten en iets te veel gedronken. En we hebben samen gezongen. Edward had enkele gouwe ouwe liederen gekopieerd en toen de meeste andere gasten vertrokken waren hebben we de 'Zuiderzeeballade' uitgevoerd, en 'Toen wij van Rotterdam vertrokken'. Het was kanarievals en Edwards bijdrage maakte alles onverstaanbaar, maar wat hebben we genoten.

Ik ergerde me wel een beetje aan het feit dat Graeme en Edward een paar keer opzichtig zaten te smoezen en daarmee ophielden toen ik, zogenaamd toevallig, even achter ze kwam staan.

'Gezellig hè, Hendrik?' riepen ze iets te overdreven in koor.

'Zitten jullie iets te bekonkelen, vrienden?' vroeg ik.

Ze keken elkaar even aan. Graeme knikte.

'Om je de waarheid te zeggen: we zitten inderdaad iets te bekonkelen. Edward kreeg zojuist een heel goed idee.'

'En wat is dat dan?'

'Dat is een verrassing. Je gaat het meemaken.'

'O, leuk.'

'Ben je niet nieuwsgierig?'

'Zeker wel.'

'Mooi, want dat was de bedoeling: jou nieuwsgierig maken.'

En daar moest ik het mee doen. Ik had er toch een heel klein beetje de pest over in, dat ik niet in hun plannetjes werd gekend. Misschien vinden ze me toch al een beetje te verstrooid.

Het afscheid was heel emotioneel. Alsof ze me nooit meer zouden zien.

'Hé, ik ga niet dood hè. Tenminste, nu nog even niet. Ik weet straks alleen niet meer wie ik ben. Komen jullie toch gezellig kennismaken. Zo vaak als je wilt. Ik word een heel opgewekt dement baasje, dat beloof ik. Ik geef hooguit strafwerk.'

Gelukkig, er werd gelachen. Eind goed, al goed.

Ik ben, stil nagenietend, arm in arm met Leonie, naar huis geschuifeld.

Bij mijn kamerdeur gaf ze me een kusje op mijn wang. 'Welterusten, schat. En dank je wel.'

'Waarvoor?'

'Voor dat ik je ken.'

Donderdag 11 juni

Het stuk van meneer Jojo is opnieuw van het prikbord verdwenen. Hij bleef er stoïcijns onder en heeft een nieuw exemplaar opgeprikt en een paar kopieën op het tafeltje ernaast gelegd.

'Ik heb er genoeg. En als ze op zijn maak ik nieuwe. Ik kan weken doorgaan. Degene die ze eraf haalt wil blijkbaar anoniem blijven en moet steeds oppassen niet gesnapt te worden. Dat is veel moeilijker.'

Ik keek vandaag in de spiegel en het viel me opeens op dat ik er een beetje dommig uitzag. Of misschien was het meer verschrikt?

Ik vroeg aan Leonie of ik er dom uitzag.

'Niet dommer dan normaal.' Ze moest hard lachen.

Ik was beledigd.

'Het was maar een grapje, Hendrik, je ziet er hartstikke goed uit.'

'Maar dus wel een beetje dom?'

'Nee, hooguit een beetje verstrooid.'

Het duurde verdomme een hele tijd voor ik er zelf ook een klein beetje om kon lachen.

Zaterdag 13 juni

Ik werd gebeld.

'Met Frida. Waar blijf je, opa? We staan al een kwartier voor de deur.'

Shit, helemaal de tijd vergeten. Er hing nog wel een briefje op de deur. Daar moet ik straks even op kijken, had ik wel een paar keer gedacht.

Inderdaad, het stond erop: 14.00 UUR: HOND UITLATEN MET FRIDA.

Leonie was het weekend naar haar zoon en kon me dus niet komen ophalen, en ik weet gewoon vaak niet hoe laat het is.

Ik haastte me naar beneden met een zoals altijd enthousiaste Juffrouw Jansen. Daar stond Frida te stralen. Juf kreeg een minutenlange begroeting en ik kreeg een elleboog. Er was ook een jongetje bij haar.

'Hallo, ik ben opa Hendrik, wie ben jij?'

'Dit is mijn broertje. Die kent u toch wel? Van mijn verjaardag. En hij is ook al twee keer mee geweest met uitlaten.'

'O ja, nu weet ik het weer. Ik ben alleen je naam even vergeten.'

'Ik ben Tommie en ik ben zeven.'

‘Jeetje, al zéven, dat is best heel groot.’

‘Hij moet oefenen, opa, dat weet je toch.’

Langzaam kwam er weer wat boven.

Tommie was reserve-uitlater. Als in de toekomst Frida de hond een keer niet uit kon laten, omdat ze bijvoorbeeld een feestje had, dan kon Tommie haar vervangen.

We wandelden naar het strand.

Tommie oefende met het gooien van de bal en met het roepen als de hond te ver weg ging. Juf luisterde niet, maar dat doet hij eigenlijk nooit, bij niemand. Het is een eigenwijze kwast. Net als zijn vorige baasje, Evert.

Maar ik zou hem voor geen goud willen missen, we praten en lachen wat af samen.

Zondag 14 juni

Leonie is het weekend weg, dus ik had de tijd aan mezelf. Ik dacht, laat ik eens iets nuttigs doen en grote schoonmaak houden in mijn kamer. Dat deed mijn vrouw vroeger ook altijd in het voorjaar. En als ons huis weer blonk en glom moest ik op moorkoppen trakteren. Ikzelf was bepaald geen poetser en ik kreeg vaak op mijn donder dat ik alles achter me liet slingeren. Lief op mijn donder, dat wel.

Maar mijn klas zag er altijd uit om door een ringetje te halen. Schriften bij schriften, kleurpotloden bij kleurpotloden, krijtjes in het bakje, borstel op de richel.

Mijn kamer verrommelde ook een beetje de laatste tijd. Tenminste, dat zei de zuster al een paar keer.

Vanmorgen heb ik alles uit de kasten gehaald en een beetje op de grond uitgespreid. Ik heb niet zo veel spullen maar er was toch niet veel grond meer over.

Ik kwam aardig wat dingen tegen waarvan ik niet meer wist dat ik ze had maar waar ik mooie herinneringen aan heb.

Ik heb een schatkist gemaakt. Of eigenlijk een schattas. Mijn oude schoolmeestertas. Daar zit nu in:

– Een borstel voor het bord

– Witte en gekleurde krijtjes

– Brieven van mijn vrouw

– De mok van Evert

– Speelgoed van Aafke: springtouw, pop, hamertje-tik en haar eerste puzzel

– Vogel van Eefje

– Tekeningen

– Mijn oude aansteker

Het paste allemaal precies in de tas.

Toen werd er geklopt.

'Meneer Groen, bent u wakker?' Het was zuster Schuttevaar.

'Kom maar binnen, hoor!' riep ik.

Dat had ik misschien beter niet kunnen doen, want ze schrok nogal toen ze haar hoofd om de hoek van de deur stak. Het moet ook wel een raar gezicht zijn geweest, dacht ik later. Ik, zittend op de grond, midden in de kamer, en al mijn spullen eromheen uitgestald.

'Wat doet u nu, meneer Groen?'

'Ik ruim op.'

'O.' Ze keek de kamer rond. 'Ja, nu zie ik het. Misschien kunt u er na het eten mee verdergaan. Er is voor u gedekt beneden en ik dacht: waar blijft meneer Groen toch?'

'Gedekt voor wat?'

'Voor het avondeten.'

Na het eten had ik geen puf meer om verder te gaan. Ik heb twee paadjes gemaakt: een naar de tv en een naar mijn bed. Morgen is er weer een dag.

Maandag 15 juni

Vanmorgen, toen ik wakker werd, schrok ik zelf wel een beetje van de rommel. Ik heb alles snel weer in laatjes opgeborgen. Alleen mijn dierbaarste spulletjes heb ik in mijn tas gestopt en de tas heb ik in het mandje van mijn rollator gedaan.

Dinsdag 16 juni

Het schrijven wordt steeds onsamenhangender. Dat het nog leesbaar is, heb ik te danken aan Leonie, die er veel werk in steekt. In mijn hoofd is het steeds vaker mistig. Zodra de mist even optrekt probeer ik mijn gedachten onder woorden te brengen, maar die woorden ontglippen me steeds vaker.

Het zal niet lang meer duren of er komt niets zinnigs meer op papier.

Ik heb na lang aarzelen Leonie gevraagd of ze mijn dagboek dan netjes af wil maken.

Daar zag ze erg tegen op, zei ze. Zij heeft op haar beurt mij gevraagd of ze dan meneer Jojo mag vragen haar te helpen.

Het duo Leo & Jojo. Daar heb ik het volste vertrouwen in.

Ik vind lezen in mijn eigen dagboeken trouwens best leuk. Ik heb geen hekel aan die Groen.

Woensdag 17 juni

Meneer Jojo heeft het voor me uitgezocht: er zijn in Nederland ongeveer 115.000 mensen in 2349 verpleeg- en verzorgingshuizen. Hoewel de kranten en de televisie ons willen doen geloven dat er een enorme kaalslag is geweest en dat er in deze tehuizen vele duizenden oudjes bezweken zijn aan corona, zijn dat er gemiddeld per tehuis hooguit twee geweest. Er moeten tientallen, misschien wel honderden huizen zijn waar niemand aan corona is doodgegaan.

Het is misschien nog geen goed idee om carnavalsfeesten of dansavonden te gaan organiseren, maar om alle bewoners voor hun eigen bestwil eenzaam op te sluiten is wel het andere uiterste. Het lijkt me de hoogste tijd om de teugels weer wat te laten vieren. Gewoon je gezond verstand gebruiken en een beetje voorzichtig doen. Gelukkig ziet het ernaar uit dat Rutte en zijn kornuiten daar nu langzamerhand ook van overtuigd raken.

Mijn dierbare vriend Evert zei het regelmatig luid en duidelijk: 'Van leven ga je dood.'

Verder vond hij dat waar je precies aan doodgaat er voor het eindresultaat niet zo veel toe doet.

Evert was niet politiek correct, maar meer rechttoe rechtaan correct. Hij had een gloeiende hekel aan mensen met hele lange tenen die zich bij het minste of geringste gekwetst voelen. Het aantal snel gekwetste mensen neemt schrikbarend toe. Door zo'n laatste zinnetje alleen al zouden weer tientallen mensen gekwetst kunnen zijn omdat zij vinden dat hun gekwetstheid niet voldoende serieus wordt genomen.

Donderdag 18 juni

Als ik een stukje heb geschreven in mijn dagboek ga ik daarna meestal naar Leonie om het te laten lezen. Ze leest het op haar gemak een of twee keer door en stelt dan wat vragen.

Bijvoorbeeld wanneer iets gebeurde, wie nou wat zei, waar het plaatsvond.

Soms kan ik niet zo precies antwoord geven op haar vragen. Als ze denkt dat het belangrijk is probeert ze het op een andere manier uit te zoeken.

De volgende dag leest ze me de aangepaste versie van mijn verhalen voor. Ik vind het dan altijd een stuk mooier geworden, ook al weet ik niet meer helemaal hoe ik het zelf had opgeschreven.

Ik heb haar vanmorgen gevraagd of zij het verder wil afmaken, omdat het me te zwaar wordt.

Nou, toen kreeg ik de wind van voren.

'Hendrik Groen, wat valt me dát van je tegen. Zo snel opgeven! Je schrijft nog goed genoeg om er nog een heel tijdje mee door te gaan. Je doet maar een beetje meer je best, dat is goed voor je.'

Ik sputterde nog wat tegen maar dat maakte het er niet beter op. Ze was echt een beetje boos.

'Lui zweet is gauw gereed, Hendrik, dat weet je. Je gaat maar door tot er geen touw meer aan vast te knopen is. Nou ja, bij wijze van spreken.'

Ik kende de uitdrukking 'Lui zweet is gauw gereed' niet, maar het leek me niet het juiste moment om haar tegen te spreken.

Ik heb Leonie braaf moeten beloven zo lang mogelijk door te schrijven. Zij heeft op haar beurt toegezegd mijn werk na te kijken tot het echt te onsamenhangend wordt en als het eenmaal zover is zelf het dagboek netjes af te maken.

Vrijdag 19 juni

Het is me weer overkomen!

Ik zat op een bankje voor de drogist en had geen idee hoe ik daar gekomen was of wat ik daar deed.

Soms word ik daar angstig van. Soms woedend.

Maar gelukkig heb ik ook een nieuwe vriend: berusting.

Dan denk ik: ach Hendrik, wat maakt het uit waar je zit en hoe je ergens bent gekomen.

En zoek ik mijn zakken na om te kijken of er briefjes in zitten die een aanwijzing geven wat te doen. Als ik niets vind ga ik weer naar huis. Meestal weet ik gelukkig nog wel de weg en anders vraag ik die.

Vera Lynn is dood. Ik geloof dat ze honderdvier is geworden.

Ik was als jongetje van vijftien verliefd op haar. Natuurlijk kwamen er oude zwart-witbeelden van haar langs op het *Journaal*. Ik vond haar nog steeds mooi, al zag ik nu pas dat ze wel vooruitstekende tanden had. Dat had mijn vrouw ook trouwens. Misschien val ik wel een beetje op een paardengebit.

Mevrouw De Nijs dacht dat wij wel op haar vertolking van Vera's beroemdste liederen zaten te wachten. Ze zong ongevraagd achtereenvolgens 'We'll Meet Again' en 'The White Cliffs of Dover'.

Het was afschuwelijk.

Toen ze daarna ook nog 'Land of Hope and Glory' inzette heb ik per ongeluk een grote schaal met koekjes van tafel geschoven. De schaal brak met veel lawaai in stukken en de koek vloog in het rond, maar De Nijs hield op met zingen.

Ik geloof niet dat iemand het heeft gezien, al zag ik meneer Jojo wel even vreemd naar me kijken.

Ik kon de nagedachtenis van Vera Lynn echt niet langer laten bezoedelen.

Zondag 21 juni

Het was een feestje gistermiddag: Frida kwam voor het eerst weer op visite.

We hadden de dag ervoor geskypet en ze zou om drie uur voor de deur staan.

Ik had meteen allebei mijn wekkers gezet en er een briefje bij gelegd: FRIDA KOMT!

Ik moest het goed regelen, want het zijn ouderwetse wekkers met een bel bovenop en die kun je niet zo lang van tevoren zetten, dus deed ik het in etappes.

Ik had Engelse drop en koekjes gekocht en ik had in de kast nog een fles kinderwijn staan. Voor mezelf stond er nog een halfje rood.

De wekkers gingen keurig op tijd af en ik ging haar beneden opwachten. Bang om te laat te komen, was ik een half uur te vroeg. Daar moet ik mee oppassen, want als ik te lang moet wachten weet ik soms opeens niet meer wáár ik op zit te wachten. Voor de zekerheid stop ik tegenwoordig groene briefjes in mijn zak met daarop wat ik aan het doen ben.

Het was mooi weer, dus ik kon buiten op het bankje voor de deur wachten. De aardige portier kwam nog even naast me zitten. Hij had een duimstok bij zich en ging voor de grap precies 150 centimeter afmeten. Daar zette hij met een potlood een streepje op de bank en ging zitten. Aan de verkeerde kant van de streep.

We hebben gezellig gekletst.

Toen Frida kwam aangelopen, was ik toch nog even verrast.

'Hé Frida, wat leuk.'

'Hoi superopa.' En ze gaf me twee elleboogkusjes.

Er wachtte me een flinke teleurstelling: het schaken ging echt slecht.

Frida heeft wel tien keer gezegd: 'Wat doe je nou, opa?'

Ik wist het verdomme niet meer, het was om te huilen. Hoe het paard moest springen, hoeveel de pion naar voren mocht, dat je een stuk moest dekken, alles was wazig.

'Weet je wat, opa,' stelde Frida voor, 'laten we gaan dammen.'

Ik was eerst te boos op mezelf, maar Frida troostte me.

'Schaken is echt een keimoeilijk spel, opa, dat leer je niet zo een-twee-drie maar misschien kun je het wel een-twee-drie vergeten. Omdat het zo ingewikkeld is. Mag ik nog een glaasje kinderwijn?'

We besloten te gaan dammen en dat ging inderdaad beter. Eerst deden we een gewoon potje en daarna deden we een potje met Engelse dropjes. De vierkantjes tegen de rondjes en de staafjes. Wat je sloeg mocht je opeten. Frida waarschuwde me opeens niet meer voor domme zetten en ze won dik. Ze kreeg met gemak alle dropjes op. Ikzelf moest mijn 'winst' terug in het zakje doen, want ik werd een beetje misselijk.

Ik schonk nog een glaasje voor ons in. Frida ging met de hond spelen en kreeg steeds de slappe lach van Juffrouw Jansen. Ik was eigenlijk wel blij toen ze naar huis moest omdat het vijf uur was.

Ik was kapot en heb nog snel een dutje gedaan tot Leonie me kwam halen voor het avondeten.

Vanochtend werd er op mijn kamerdeur geklopt. Tot mijn grote verbazing stond daar de moeder van Frida. Of ze even binnen mocht komen.

Ze vertelde dat Frida zich vreemd had gedragen bij thuiskomst.

'Ze giechelde de hele tijd en viel een paar keer zomaar half om.'

'Ja, ze was wel erg druk, zelfs voor haar doen,' moest ik toegeven.

'Het klinkt misschien vreemd, meneer Groen, maar eh... het leek haast of ze dronken was.'

Ik opperde dat ze dat misschien had gespeeld omdat ze Jip en Janneke-kinderwijn had gedronken.

De moeder vroeg of ze misschien even de fles mocht zien.

We liepen naar de koelkast. Er stond een halflege fles vruchtenwijn van de Lidl, maar van kinderwijn geen spoor. Die bleek nog helemaal vol in de gangkast te staan.

'Ik ben heel bang dat ik me heb vergist gisteren.'

Frida's moeder bestudeerde de fles.

'Twaalf procent alcohol, dat verklaart een hoop. Frida was gewoon dronken. Meneertje Groen,' vervolgde ze, zwaaiend met een wijsvinger, 'kinderen dronken voeren is strafbaar, weet u dat?'

Ik voelde het bloed uit mijn hoofd wegtrekken.

'Maar ik vergeef het u, hoor. Ik heb me gisteren rot gelachen samen met Frida, dus het was een grappige vergissing. Volgende keer een beetje opletten, hè?'

Ze grinnikte nog wat na.

Ik was blij dat het goed was afgelopen, maar wel een beetje van slag.

'Wilt u misschien een glaasje vruchtenwijn?' vroeg ik.

Ze wilde wel een slokje proeven en ik nam zelf ook een half glas. We waren het erover eens: het was heel zoet en heel vies.

Maandag 22 juni

Alle hens aan dek, er komt een hittegolf aan.

Het wordt de komende dagen dertig graden. Dan geldt voor de meeste bewoners: zonwering naar beneden, gordijnen dicht, ventilator aan en zo min mogelijk bewegen. Dat laatste voor zover van toepassing, want bij sommige mensen heb je het idee dat ze alleen als ze dood zijn nóg minder kunnen bewegen.

De zusters lopen rond om de oudjes water te geven, want dat wordt bij al het zuchten en klagen over de warmte nog wel eens vergeten: veel drinken.

Ik heb een kek zonnehoedje en ga wandelen op het strand met de voetjes in de branding.

Dinsdag 23 juni

Nul c-doden gisteren. Hoera.

Het lijkt er soms op alsof de onheilsprofeten, van wie sommigen in het begin hebben gewaarschuwd voor een enorme ramp met misschien wel 300.000 doden in Nederland alleen al, een beetje teleurgesteld zijn over 'maar' 6000 slachtoffers. Zij waarschuwen nu onophoudelijk voor de tweede golf, om de spanning erin te houden.

Heerlijk gepootjebaad. Juffrouw Jansen ging zwemmen met Frida en haar broertje. Frida had een klein opklapstoeltje voor me meegenomen, de schat, zodat ik lekker kon zitten kijken. Leonie zat een eindje verderop op het terras. Die is bang voor kwallen aan haar tenen en kan slecht tegen de zon.

Toen de kinderen bij mij terugkwamen moesten ze heel hard lachen.

Ik had geen idee waarom en was een beetje beledigd.

'Je lijkt wel een clown, opa.'

Het bleek dat ik nog overal grote klodders zonnebrand had zitten. Even afgeleid en daarna vergeten uit te smeren.

Om het leven te vieren trakteerde Leonie even later op de grootste softijsjes die nog op een torentje pasten. Werd ik weer uitgelachen, nu omdat er overal ijs zat. Kortom, een prachtige dag.

Woensdag 24 juni

Een grote verrassing: vanmorgen stond Edward opeens voor mijn neus.

Hij kwam tijdens de koffie de conversatiezaal binnengelopen. Leonie sloeg haar handen voor haar mond en vloog hem daarna om zijn hals, en ik voelde de tranen prikken toen hij me bij mijn schouders pakte en zei: 'Hallo Hendrik, ik wilde je nog een keer zien in goeden doen.'

Tenminste, dat maakte ik uit zijn half verstaanbare woorden op.

Tijdens de laatste reünie had ik verteld dat ik in snel tempo aan het dementeren was en dat had hem zeer aangegrepen. Hij was om half acht die ochtend vertrokken uit het Gooi en had er drie uur over gedaan met het openbaar vervoer. Alleen om mij en Leonie te zien.

We hebben uren heerlijk zitten kletsen, al gaat er natuurlijk wel heel wat tijd verloren omdat hij zo slecht verstaanbaar is.

De koffie ging over in de lunch, daarna een strandwandelingetje met de hond, daarna hebben we de thee overgeslagen en zijn meteen doorgestoomd naar de wijn met bitterballen op het terras.

Wat is Edward toch een lieve man.

'Godedomme, kmoe a eer weg,' (Godverdomme, ik moet alweer weg) zei hij onthutst toen hij om vijf uur op zijn horloge keek.

Hij pakte me beet.

'Orotte me die ahave eter!' (Oprotten met die anderhalve meter!)

Oude mensen alles afpakken wat nog belangrijk voor ze is om te verhoeden dat ze doodgaan, en daarmee bereiken dat diezelfde oude mensen alleen nog maar dood willen. Daar kwam het volgens Edward op neer.

'Mogge ij ablief zelf kiez of we at isico emen?' (Mogen wij alsjeblieft zelf kiezen of we dat risico willen nemen?)

We hebben elkaar stevig en lang omhelsd.

Hij komt voortaan eens in de maand langs.

Donderdag 25 juni

Ik ging Aafke roepen voor het eten, maar ik kon haar nergens vinden. Ik raakte helemaal in paniek. Vooral toen ik in een tuin een vijver zag.

Toen riep er een mevrouw iets naar me uit een raam.

Ik vroeg of ze Aafke had gezien. Zij wist niet wie dat was en vroeg op haar beurt wat ik in haar tuin deed.

Ik keek om me heen. Ik stond inderdaad in een tuin en toevallig ook nog boven op een paar plantjes. Ik was even helemaal in de war en wist niet hoe ik daar was gekomen.

Die mevrouw was intussen naar beneden gegaan en kwam boos op me afgelopen.

'En nou mijn tuin uit. Meteen, of ik bel de politie.'

Ik probeerde nog te sussen; tevergeefs.

'Ik dacht dat ik mijn dochtertje hiernaartoe had zien lopen.'

'U bent veel te oud om een klein dochtertje te hebben. Er is niemand hier in de tuin behalve u en u moet nu wegwezen.'

Ik maakte omstandig excuses maar dat kalmeerde haar niet.

'Wegwezen, nú!'

Dat leek mij ook het beste, dus eigenlijk verschilden we niet zo veel van mening.

Ik was nog een hele tijd uit mijn doen. Ik heb denk ik lopen dagdromen.

Zaterdag 27 juni

Jojo heeft een uitnodiging gekregen om, als de corona voorbij is, een kopje thee te komen drinken bij zijn geheime vriend(in).

Hij zat er een beetje mee.

'Wat moet ik doen, Hendrik? Er zijn zeker twintig mensen hier met wie ik liever geen kopje thee drink.'

'Het enige wat je weet is dat jouw vriend dat met jou wel wil. Maar inderdaad, het is een risico.'

'Is het erg onbeleefd om de uitnodiging af te slaan?'

'Ja, dat is erg onbeleefd,' zei ik, 'en misschien wil diegene nog wel meer...'

'Zoals?'

'Zoenen. En aan je zitten. Je bent nog erg aantrekkelijk, Jojo. Ik zie de dames vaak verlekkerd naar je kontje kijken als je de zaal uit loopt.'

'Echt?' vroeg Jojo ongelovig.
'Nee, natuurlijk niet, vriend. Dat mocht je willen.'
Jojo glimlachte beminnelijk. 'Ik krijg jou nog wel, Hendrik.'

De zaadjes van de zonnebloemen die ik kreeg van mijn geheime vriend(in) zijn ontkiemd en al twintig centimeter hoog. Ik had een foto ervan in de app gedeeld. Blijkbaar zaten veel bewoners op een leuk idee te wachten dat makkelijk nageaapt kon worden, want de dagen daarna werden er bij diverse bewoners zakjes zaad bezorgd.

Het wordt een kleurrijk tehuis.

Maar het mooiste van het Secret Friend-spel is dat de bewoners er meer aandacht voor elkaar door hebben en proberen elkaar te verrassen. Het brengt een hoop vrolijkheid in huis.

Zondag 28 juni

De spullen die me dierbaar zijn heb ik tegenwoordig altijd bij me in het mandje van de rollator: borstel en krijtjes, springtouw, mok van Evert, vogel van Eefje, puzzel van Aafke.

Dan kan er niets wegraken.

Er kijkt wel eens iemand een beetje verbaasd in mijn mandje, maar een vreemde kan natuurlijk niet begrijpen waarom die dingen belangrijk voor me zijn. Ik begin er ook niet aan om het allemaal uit te leggen.

Maandag 29 juni

De vuilnisbak stonk, dus daar moest een nieuwe zak in, maar ik kon er nergens meer een vinden. Ik besloot naar Jojo te gaan om er een te lenen, aangezien Jojo dichterbij woont dan Leonie.

Ik klopte zoals altijd aan en ging zonder antwoord af te wachten naar binnen, want vaak hoort hij me niet.

Het was binnen aardedonker en ik zag Jojo op bed liggen.

Ik ging zachtjes naar hem toe en schudde aan zijn schouder.

'Ben je ziek, Jo?'

Hij schrok overeind en keek een beetje verwilderd om zich heen.

'Wat doe jij hier?'

'Ik kwam een vuilniszak lenen. Ik wist niet dat je ziek was.'

'Ik ben niet ziek, Hendrik, het is...' hij keek op de wekker, '...vier uur 's nachts.'

Ik begreep het niet. Ik had toch echt op de klok gekeken en bij mij thuis was het vier uur 's middags. Het was vast een grapje van mijn vriend.

'Nee, Hendrik, kijk dan naar buiten, het is pikdonker. Het is nacht.'

Het was inderdaad donker, zag ik toen ik het gordijn een stukje openschoof.

'Het was een grapje, Jo. Sorry, niet zo'n leuk grapje. Het spijt me dat ik je wakker heb gemaakt.'

Jojo vond het niet erg, die is altijd onverstoorbaar. Hij ging een kopje thee zetten voor ons.

Even later zaten we midden in de nacht thee te drinken.

'Stop maar met steeds dat hoofdschudden, Hendrik, vergissen is menselijk,' troostte hij me.

'Je hebt een mooie pyjama, Jojo.'

'Dat is echte zijde.'

Toen ik terug was in mijn eigen kamer, keek ik voor ik naar bed ging toch nog even naar buiten. Het was donker als de nacht. Ik moet nodig een nieuwe klok hebben.

Dinsdag 30 juni

Ik wilde Edward verrassen met een onverwacht tegenbezoek. Hij woont in een bejaardenhuis in Bussum. Maar misschien was het ook wel Hilversum. Ik ging er 's ochtends met de bus en de trein naartoe. Eigenlijk wilde ik met Leonie gaan omdat die altijd zo goed de weg weet, maar ik kon haar zo snel niet vinden en ik had geen zin om te wachten of te zoeken. En, dacht ik, zo veel bejaardenhuizen zullen er toch niet zijn in Bussum.

Maar toen riep de conducteur opeens Den Helder om. Was ik wel in de goeie trein gestapt, maar dan de verkeerde kant op. Een hele tijd later was ik weer terug in Alkmaar en toen was het te laat om nog naar Edward te gaan en heb ik maar weer de bus terug naar Bergen aan Zee genomen. Iemand had de halte van de bus verplaatst, dus het kostte me nog moeite om die te vinden.

Uiteindelijk was ik om twee uur weer terug in ons tehuis en daar waren ze boos omdat ik niemand had gezegd waar ik naartoe was.

'Ik heb Leonie nog gezocht om te vragen of ze meeging, maar ze was er niet,' excuseerde ik mij. 'En ik mag dan een beetje vergeetachtig zijn, ik loop heus niet in zeven sloten tegelijk.'

Later kwam mevrouw Schuttevaar nog langs om me te vragen of ik een volgende keer even tegen de portier wilde zeggen waar ik naartoe ging en hoelang ik dacht weg te blijven.

'Geen controle, meneer Groen, maar dan hoeft niemand zich

ongerust te maken. Dat moet u als oud-schoolmeester toch begrijpen.'

En daar had ze gelijk in.

'Controle is geen wantrouwen,' zei ik vroeger altijd als ik de absentiebriefjes van de leerlingen natrok bij de ouders.

Woensdag 1 juli

Ik geloof dat zelfs de bewoners van ons bejaardenhuis een klein beetje over hun corona-angst heen raken. Ze komen meer en meer uit hun holen tevoorschijn. De conversatiezaal raakt weer wat voller bij de koffie en de thee. Mensen reageren niet meer zo schichtig als iemand toevallig iets te dicht langsloopt. Er zijn wel nog wat mensen die een mondkapje dragen. Wat vooral leuk is als ze dat vergeten zijn en dan hun koekje willen opknabbelen.

Meneer Jojo hangt nog steeds dagelijks zijn coronacijfers op het prikbord.

Gisteren was de kans om in Nederland aan c te overlijden volgens hem een op drie miljoen.

Ten overvloede stond erbij: 'Het betreft hier afgeronde getallen.'

De berichten blijven nu meestal wel een paar dagen hangen. We weten nog altijd niet wie in het begin steeds zijn geruststellende cijfers weghaalde.

Het staat natuurlijk iedereen vrij om bang te zijn, maar één op drie miljoen lijkt mij een acceptabel risico om te nemen, zelfs als je in de risicogroep zit en de werkelijke kans misschien wel een op twee miljoen is.

Meneer Jojo houdt niet op uit te leggen dat drie miljoen mensen zestig uitverkochte Johan Cruijff ArenA's is. Om mensen een idee te geven.

'Dat zegt me niks,' zei mevrouw Scholten, 'ik ben nog nooit in de ArenA geweest.'

Geduldig vroeg meneer Jojo wat het grootste gezelschap was waar ze ooit in had verkeerd. Ze dacht dat ze in de gereformeerde kerk wel eens samen met honderd mensen was geweest.

'Drie miljoen is dan dertigduizend kerken,' rekende Jojo haar voor.

'Dertigduizend kerken, daar kan ik me echt helemaal niks bij voorstellen,' kwaakte Scholten.

De spanning loopt op: hedenmiddag om 15.00 uur maakt Lidy bekend wie de Secret Friend van wie was.

Donderdag 2 juli

Bijna alle deelnemers waren naar de eetzaal gekomen, ruim dertig mensen. Het was voor het eerst in maanden weer eens gezellig druk, al was het nog een heel gedoe om de anderhalve meter te handhaven met al die onhandige en zenuwachtige oude mensen bij elkaar. Mevrouw Diks moest onverwachts uitwijken voor een passerende rollator en viel pardoes half op de schoot van mevrouw Alberts, die vervolgens vloekend en tierend een halve fles ontsmettingsmiddel over zichzelf uitsmeerde terwijl Diks bleef roepen dat ze zich héél goed voelde en geen koorts had.

Even voor drie uur kwam Lidy de eetzaal binnenwandelen. Iemand begon te klappen en iedereen klapte zowaar spontaan mee. Lidy bloosde helemaal van zo veel enthousiasme.

'Goedemiddag, lieve bewoners. Ik ben er een beetje beduusd van. Dit was ook wel, denk ik, de leukste activiteit die ik als activiteitenbegeleidster heb mogen begeleiden. En dat in deze tijd. Of misschien wel juist in deze tijd, omdat we juist nu zo ontzettend veel behoefte hadden aan vrienden. Aan mensen die –'

Mevrouw Alberts stak haar vinger op. 'Kunt u misschien de uitslag geven, want ik moet heel nodig naar de wc.'

'Ja, natuurlijk, de uitslag. Nou... daar gaat-ie dan.'

Ze pakte een papier en zette haar leesbril op.

'Ik lees steeds eerst de naam van de Secret Friend en daarna bij wie die hoorde. Eerst de eerste groep. Mevrouw Alberts was de Secret Friend van mevrouw Wagenaar. Meneer De Zeeuw de vriend van mevrouw Beekhoven. Mevrouw Staverman de vriend van mevrouw Diks.'

Verhip, ik zat er helemaal naast. Ik was ervan overtuigd dat mevrouw Staverman mijn geheime vriendin was.

Even later riep Lidy om: 'Meneer Handjojo was de vriend van meneer Groen.'

Nee, nou breekt mijn klomp. Jojo! Die vuile bedrieger!

Hij zat naast me aan tafel en keek me breed lachend aan. Daarna maakte hij een lange neus naar me. Mijn onberispelijke vriend Jojo had me compleet op het verkeerde been gezet met zijn briefjes met spelfouten en hij trok nu een lange neus naar me!

Geweldig! Wat een goeie mop.

Even later werd mijn naam voorgelezen.

'Meneer Groen was de vriend van mevrouw Sliedrecht.'

Ik keek naar haar en zij keek naar mij.

Ze leek helemaal in de wolken. Even later kwam ze naar me toe gescharreld.

'O, meneer Groen, wat hebt u me mooie gedichten gestuurd. Ik heb ze boven mijn bed gehangen.'

Ze kwam bij me aan tafel zitten en ik kwam bijna niet meer van haar af. Niet dat ze veel zei, maar ze gaapte me de hele tijd aan. Uiteindelijk heb ik me met een smoes uit de voeten gemaakt. Ik heb er een vriendin voor het leven bij, ben ik bang, en ze gaat ook nog een trui voor me breien.

Leonie bleek de beste vriendin van de kok te zijn geweest. Vandaar dat ze twee keer een recept opgestuurd kreeg. Ze was in haar nopjes en ging de kok meteen persoonlijk bedanken.

'Een beste vriend in de keuken kan nooit kwaad, Hendrik,' zei ze met een vette knipoog, 'nu heb ik een goede smoes om de keuken binnen te komen. Ik ga hem even wat stroop om de mond smeren.'

Vrijdag 3 juli

'Is deze hond van u?'

De portier had me naar beneden laten roepen en daar stond een meneer met mijn Juffrouw Jansen aan de lijn.

Ik begreep er niets van. Ik dacht dat hij gewoon boven in zijn mand lag.

'Hij zat met zijn riem vast aan die speciale hondenring bij de supermarkt. Ik woon hier in de straat en heb u vaak met hem zien lopen, dus ik dacht: ik breng hem even terug. Was u hem vergeten?'

'Nee, ik moest thuis geloof ik iets ophalen. Godverdomme, ik weet het niet meer. Hoe kan dat nou?'

Ik heb die meneer bedankt.

Juffrouw Jansen leek er niet erg onder geleden te hebben. Die ging vrolijk kwispelend met me mee.

De hond vergeten. Hoe kan ik nou mijn hond vergeten?

Zaterdag 4 juli

'Ik wil graag iets met u overleggen, meneer Groen.'

Mevrouw Schuttevaar had me uitgenodigd op haar kleine kantoortje.

'O... waarover?' Ik hield me tegen beter weten in van de domme.

'Over uw vergeetachtigheid. Het wordt toch wel een beetje ernstig als u bij het uitlaten de hond vergeet.'

'De portier heeft me zeker verraden? Ik was alleen maar even een boodschapje doen. Ik wilde... Ik wist niet meer waar Juffrouw Jansen was... Het was een ongelukje.'

Ik schaamde me kapot en voelde me ellendig.

Schuttevaar troostte me. 'Lieve meneer Groen. U kunt er niets aan doen. Het is die verschrikkelijke alzheimer. En de portier heeft u niet verraden maar is, net als ik, alleen maar bezorgd.'

Ze schonk een kopje thee voor me in.

'Ik heb ook nog even met mevrouw Van der Horst overlegd en die vertelde me dat u een kleine vriendin hebt die vaak helpt met uitlaten.'

Het kwam er met veel aardige woorden op neer dat ze vond dat ik niet goed meer voor Juffrouw Jansen kan zorgen en dat ze hem van me af willen pakken.

Maar ik kan hem niet missen. Kijk nou eens naar die hondenogen en die wapperende oren. Of luister naar die ingehouden piepjes als hij ligt te slapen in zijn mand. Dan droomt hij van ballen om achterna te rennen, of van leverworst.

Zondag 5 juli

Na lang aandringen moest Leonie het toegeven: wat er in het dagboek komt is langzaam maar zeker meer van haar hand dan van de mijne.

'Nee hoor, Hendrik, ik lees jouw verslagen nog altijd met veel plezier,' hield ze eerst vol.

'Plezier omdat er zulke grappige fouten in staan of omdat het zo onsamenhangend is?'

Nou, dat viel wel mee, hier en daar wat aanvullen en veranderen, soms iets toevoegen.

Het valt helemaal niet mee. Ik vergeleek gisteren een stuk dat ik had geschreven en het stuk dat Leonie er later van had gemaakt, en dat was bijna onherkenbaar.

'Is dat heel erg dan, Hendrik?'

Ik weet niet meer of dat heel erg is. Er is zó veel dat ik niet meer weet. Ik ben ook zó moe soms.

Maandag 6 juli

Ik kom niet meer van die Sliedrecht af. Sinds de onthulling dat ik haar Secret Friend was komt ze steeds bij me aan tafel zitten. Alleen maar zitten, want er valt geen normaal gesprek mee te voeren. Alleen over breien en handwerken kan ze babbelen, maar daar val ik onmiddellijk bij in slaap. Misschien is dat een idee: meteen in slaap vallen als ze aanschuift. Een beleefde manier om te zeggen: gaat u maar weer terug naar uw eigen hoekje.

Ik ben toch nog te veel brave hendrik om te vragen of ze op wil hoepelen omdat ik zenuwachtig van haar word. Zou ik Jojo kunnen vragen haar 'in het geheim' te vertellen dat ik misschien c heb?

Ik heb toch al het gevoel dat de vrouwtjes hier achter me aan zitten; ik krijg de hele dag complimentjes.

'Wat ziet u er goed uit vandaag, meneer Groen.'

'Wat kunt u de dingen toch mooi zeggen, meneer Groen.'

'U bent nog best fit voor uw leeftijd, meneer Groen.'

'Leuke spencer, meneer Groen.'

Ja, dank u wel dames, maar wilt u me nu weer rustig laten puzzelen?

Leonie heeft me uitgenodigd voor een etentje, morgen. Ik vroeg waarom.

'Zomaar, omdat je zo'n gezellig maatje bent.' Of ik mijn mooie pak aan wilde doen.

Ik vroeg haar in welk restaurant we gingen eten. Toen begon ze een beetje te stotteren. Ze zei dat het een verrassing was.

Volgens mij wist ze gewoon nog niet waar we gingen eten.

Het is gelukkig 's middags. Dat is beter, want 's avonds wil ik nog wel eens met mijn oude hoofd boven het toetje in slaap sukkelen, zeker als ik een paar wijntjes op heb. Geen gezicht, zo'n grijze kop in de dame blanche.

Donderdag 9 juli

Het was een vreemde maar prachtige dag. Ik was er erg van in de war en heb twee dagen nodig gehad om weer enigszins uit de war te geraken. Ik begin het nu pas een beetje te begrijpen en te waarderen. Het was zo lief allemaal.

Ik zat nietsvermoedend, netjes gewassen en gestreken, te wachten op Leonie. Frida had een uurtje eerder Juffrouw Jansen opgehaald en zou de rest van de dag voor hem zorgen. Toen ze wegging lachte ze een beetje geheimzinnig naar me.

Om twaalf uur kwam Leonie binnen.

'Misschien loopt het etentje een beetje uit, Hendrik, dus het lijkt me verstandig om een paar extra luiers bij je te steken.'

Ik vond het wel een beetje gek, maar ik weet dat ik Leonie kan vertrouwen, dus ik deed twee luiers in mijn tas. Er was nog plaats, naast mijn schoolspulletjes en het speelgoed van Aafke.

'Hoelang duurt dat eten dan?' vroeg ik.

'Tot een uur of zes.'

'Moet ik zes uur achter elkaar eten?'

Ze wuifde het weg. 'Geen zorgen, Hendrik, komt goed.'

'Is het ver lopen?'

'We gaan met het busje.'

Over welk busje had ze het? Geen idee.

Beneden stond inderdaad een busje voor de deur. Er stond een jongeman naast.

'Ha, meneer Groen, leuk u weer te zien.' Hij kende mij blijkbaar.

'Hallo, jongeman. Sorry, ik ben even je naam kwijt.'

'Ik ben Stef, u weet wel, van Grietje.'

Er begon me iets te dagen. Was deze jongen niet mee geweest naar Frankrijk?

‘Op pad!’ riep Leonie opgewekt.
‘Ja, op pad!’ riep ik ook maar.

Na een poosje stopte het busje en stapten tot mijn grote verbazing Ria en Antoine in. Ik herkende ze eerst niet omdat ze een mondkapje op hadden.

Zij waren ook verrast. ‘Hé, Hendrik, jij hier?’

Maar opeens snapte ik het: het was natuurlijk een uitje van Omanido.

En ja hoor, even later stapten ook Edward en Graeme in.

‘Gezellig zeg. Nu alleen Evert nog.’ Ik zei het zonder nadenken en aan de gezichten zag ik dat het niet klopte.

‘Evert is dood, hè, dat weet je toch?’ zei Leonie voorzichtig.

Vergiste ik me?

Ik redde me eruit met een grapje: ‘Nee, Evert gaat het niet meer halen vandaag. Ik heb hem laatst nog wel op de begraafplaats gezien. Ik heb een plekje bij hem in de buurt uitgezocht.’

Gelukkig werd er een beetje gelachen.

Het was een flink stuk rijden en toen we stopten had ik geen idee waar we waren.

‘Amstam Oord, da ijn we eer!’ riep Edward.

Amsterdam-Noord, dus. Ik had hier vast wel eens gereden met de scootmobiel.

We moesten ergens naar binnen en daar moesten we onze handen wassen uit een pompje. Daarna liepen we een behoorlijk grote zaal binnen. De tafels en stoelen stonden een flink eind uit elkaar. Anders mochten we het niet huren, zei Leonie.

‘Heb jij het gehuurd dan?’ vroeg ik.

Nee, Omanido had het gehuurd.

Er was een mevrouw druk bezig met het ophangen van slingers. Toen ze me zag, kwam ze op me af en gaf ze me twee ellebogen.

'Zo leuk u weer te zien, meneer Groen. U ziet er geen dag ouder uit.'

Gelukkig herkende ik haar. Het was die mevrouw die vroeger altijd van alles organiseerde in ons oude huis. Ik wist alleen niet meer hoe ze heette.

'Hartstikke leuk. Ik mis u wel hoor, in mijn nieuwe huis,' zei ik en ze straalde helemaal.

En het werd steeds gekker, want daar zag ik mevrouw Lacroix en haar man. Wat deden die nou hier? Ze zwaaiden naar me en staken hun duim op. Ik zwaaide terug.

Er kwamen steeds meer mensen binnen. Ik kende ze wel, tenminste, de meesten, alleen de namen...

'Het is een reünie, Hendrik. Omanido heeft een reünie voor je georganiseerd, van ons oude huis. We dachten dat je dat wel leuk zou vinden,' fluisterde Leonie in mijn oor. 'O jee, beetje afstand houden,' zei ze meteen daarna een beetje geschrokken, 'anders gaat het feest niet door.'

Het was dus een feest.

'Hartstikke leuk van jullie, alleen, eh... ik weet niet zo goed meer wie het allemaal zijn.' Ik klonk denk ik een beetje angstig, want Leonie stelde me zachtjes gerust.

'Ik zeg je de namen wel voor.'

Anja herkende ik meteen. Goeie ouwe Anja. Ik wilde haar even stevig vasthouden, maar dat was niet de bedoeling. Ze ging naast me staan en gaf me steeds stiekem kneepjes in mijn arm. Met Anja en Leonie in de buurt kon me niks gebeuren.

Er kwam een hele optocht bekenden langs, sommigen met mondkapjes op. De portier, de zuster, de kok, meneer Pot, die mevrouw die altijd zeurde, meneer Bakker, die mevrouw van de directie, die donkere meneer en een mevrouw die zei dat ze Hanneke heette.

En als verrassing... ook meneer Jojo en mevrouw Schuttevaar uit Bergen.

Ik kreeg het er warm van, van al die mensen.

Er was één dier. Daar was ik misschien nog wel het blijste mee, want daar kwam Juffrouw Jansen binnen, die Frida meetrok aan zijn riem. Hij blafte, sprong tegen me op, gaf me een lik en ging toen aan mijn voeten liggen.

Frida lachte naar me en stuurde een luchtkus.

Ik schoot helemaal vol, van al die aandacht. Ik kreeg gelukkig een stoel en een glas wijn. Kon ik een paar flinke slokken nemen.

Leonie riep boven het rumoer uit: 'Wil iedereen gaan zitten en even stil zijn? Graag anderhalve meter afstand bewaren. En ter geruststelling: de ventilatie staat uit. Ik geef graag het woord aan Antoine.'

Het geroezemoes verstomde.

Antoine stond op, vouwde een papier open en schraapte zijn keel.

'Beste Hendrik, lieve Hendrik,' sprak hij plechtig. 'Dit had je natuurlijk wel verwacht. Dat je eindelijk eens in het zonnetje zou worden gezet.'

Ik had om eerlijk te zijn helemaal niks verwacht. En ik werd steeds afgeleid door het mondkapje dat aan Antoines oor bungelde.

Hij ging verder: 'Je hebt ons enige tijd geleden verteld dat je alzheimer hebt en het leven steeds waziger wordt. Voordat de mist helemaal niet meer optrekt, hebben wij van Omanido, de roemruchte Oud-maar-niet-dood-club, een paar weken geleden in het geheim besloten een reünie te organiseren ter ere van ons dierbare lid en oprichter: Hendrik Groen.

Misschien heb je het niet altijd in de gaten gehad, Hendrik, maar jij hebt een heel belangrijke rol gespeeld in de laatste vijf, zes jaar van ons leven. Jij hebt ons geleerd dat iemand die oud is niet alleen niet dood is, maar ook niet ongezien is, niet onbelangrijk. Dat wij waardige en waardevolle oude mensen zijn, die iets te vertellen hebben, die plezier maken en wijsheid uitstralen. En, oké, ook soms domheid. Mensen die kunnen genieten van het leven en van elkaar. Die niet weggestopt willen worden, betutteld, genegeerd en gemuilkorfd. Die willen beslissen over hun eigen leven.

Jij, Hendrik, was de grote motor, de grote inspirator.

En ik waarschuw je: je gaat nu niet, net als altijd, heel bescheiden lopen doen. Dus zeg mij na: Ja Antoine, daar heb je gelijk in.'

Iedereen keek naar me.

Leonie stootte me aan. 'Zeg het dan: Ja, daar heb je gelijk in.'

'Ja, daar heb je wel een beetje gelijk in.'

Gelach. Het was gelukkig grappig.

Antoine hervatte zijn speech.

'Dus, beste Hendrik, in het bijzijn van alle vrienden en bekenden hier, en vast ook onder het toeziend oog van jouw dierbaren in de hemel, heb ik de eer en het genoegen jou namens iedereen, voor de eeuwigheid en ook nog voor daarna, te benoemen tot erelid van Omanido.'

Er ging gejuich op, er was een daverend applaus. Het was voor mij. Ik wist niet wat te doen en zwaaide toen maar naar iedereen.

Daarna kreeg ik een groot diploma.

'Mag ik ook nog wat zeggen?' gilde mevrouw Lacroix een paar keer boven iedereen uit.

Het duurde even voor ze de aandacht had, want de bitterballen gingen net rond.

'Ik wil graag, namens Okkie en mijzelf, het erelid ook iets

aanbieden, namelijk een prachtig portret van hem van mijn hand. Hendrik, wil je het zelf komen onthullen?'

Ik werd naar voren geduwd en moest aan een touwtje trekken, maar er gebeurde niets. Pas na vier keer trekken en wat hulp van die Turkse meneer viel er een gordijn op de grond en kwam er een schilderij tevoorschijn. Ik kon eigenlijk niet zien wat het voorstelde, maar Leonie zei dat ik het was. Er werd beleefd geklapt.

'Het lijkt wel een cavia,' klonk het achter in de zaal. Meneer Pot was er ook nog.

Mevrouw Lacroix wilde ook nog een hymne zingen, maar gelukkig stopte iemand een bitterbal in haar mond.

Ik kreeg een glas champagne in mijn hand gedrukt en iedereen kwam me feliciteren met een elleboog. Evert zat me even verderop toe te grijnzen vanuit zijn rolstoel. Van Eefje kreeg ik gewoon drie zoenen. Ik weet niet meer wat er daarna nog allemaal is gebeurd, het werd me een beetje te veel.

Ik herinner me nog dat ik weer wakker werd in dat busje en geen idee had waar ik was.

En nu zit ik in mijn kamer te kijken naar een prachtig diploma: Hendrik Groen, Erelid van Omanido. In de hoek staat een foeilelijk geschilderd portret. Dat ga ik alleen ophangen als die vrouw op visite komt.

Dank je wel voor je mooie toespraak, Antoine. Ik heb hem zojuist gelezen en ga hem inlijsten. Dank je wel, Leonie, dat je dit allemaal netjes in mijn dagboek hebt geschreven.

Vrijdag 10 juli

Mijn vriend Jojo heeft het probleem-Sliedrecht opgelost. Sinds hij haar heeft verteld dat er in mijn familie multiple vasculaire schizofrenie voorkomt en dat de doctoren niet weten of dat besmettelijk is, houdt ze gepaste afstand.

Ze zwaait wel de hele dag naar me, vanuit haar breihoekje.

Jojo achtte de kans dat ze erachter zou komen dat multiple vasculaire schizofrenie niet bestaat acceptabel klein.

Ze heeft me een beterschapskaart gestuurd.

'Beste meneer Groen, sterkte met jeweetwel' stond er in sierlijke letters op geschreven.

Ik heb vanaf mijn tafel de kaart naar haar omhooggehouden en mijn duim opgestoken.

Zaterdag 11 juli

Er was hondenoverleg op mijn kamer, gistermiddag.

Aanwezig: Leonie, mevrouw Schuttevaar, Frida en ik. Juffrouw Jansen mocht er zelf ook bij zijn.

Ze willen mijn hond van mij afpakken. Dat zeggen ze niet recht in mijn gezicht maar daar komt het wel op neer. Ze vinden dat ik niet meer goed voor hem kan zorgen. Alleen omdat ik hem een keer ergens vergeten ben. En ik had hem op één dag acht keer uitgelaten, volgens Leonie.

Beter te veel dan te weinig, toch?

Ik denk dat ik, als ik echt goed oplet, nog best een hele tijd goed voor Juffrouw Jansen kan zorgen. Zeker als de mensen me een beetje willen helpen.

Zuster Schuttevaar stelde voor om, als proef, de taken te verdelen.

‘Dan is de hond bijvoorbeeld maandag, dinsdag en woensdag bij u en de rest van de week bij Frida.’

Dat vond ik veel te lang. ‘Dan zie ik hem vier dagen niet.’

‘Maar u kunt in die vier dagen wel afspreken om hem samen met Frida uit te laten op het strand.’

Ik zei dat Juffrouw Jansen zonder mij vast niet met Frida mee zou gaan. Toen gingen ze de proef op de som nemen. Frida pakte de riem en riep Juffrouw Jansen. Die stond binnen twee seconden naast haar te kwispelen.

‘Kom dan, Juf,’ zei Frida en ze liep naar de deur.

Hij liep achter haar aan, stond nog even stil en keek vragend om maar ging toen toch met Frida mee. Bij de deur zwaaide hij met zijn staart en weg was-ie.

Juf gaat op proef vrijdagmiddag naar Frida en zij brengt hem op zondagavond weer terug naar mij, zijn echte baasje.

‘Dat is een goed begin, Hendrik,’ zei Leonie, ‘kijken we hoe het gaat. En je kunt hem misschien op zaterdag samen met Frida uitlaten op het strand. Toch Frida?’

Frida knikte heftig van ja.

Ik weet niet meer wie ik nog kan vertrouwen.

Donderdag 16 juli

Nieuwsuur toonde het aan: het RIVM en het uitbraakteam hebben het verkeerd aangepakt door te zeggen dat mondkapjes en handschoenen in verpleeghuizen niet nodig en soms zelfs onwenselijk waren.

‘Maar het waren slechts richtlijnen, de verantwoordelijkheid lag bij de zorg zelf,’ pruttelen deze deskundigen nu laf. Maar intussen waren er nauwelijks beschermende middelen beschikbaar voor de verpleeghuizen.

De minister van Volksgezondheid moet op het matje komen.

De hoge heren van de volksgezondheid hebben ook al moeten bekennen dat het acuut op slot doen van alle zorg- en verpleeginstellingen in heel Nederland geen goed idee was. In het noorden van het land bijvoorbeeld is, geloof ik, geen enkel tehuis getroffen door corona. Toch zaten álle Friese, Groningse en Drentse oudjes maandenlang opgesloten in hun kamer te verpieteren.

Volgende keer gaan ze het per geval of per regio bekijken. Wat een wijsheid.

Coauteur bij dit stukje was mijn vriend meneer Jojo.

Hij moet me waar nodig op de rails houden.

Zo wordt dit dagboek steeds meer teamwerk.

Zaterdag 18 juli

Ik ben helemaal niet lekker. Ik lig al twee dagen in bed. Het voelt alsof ik koorts heb.

Ik heb een paar keer geprobeerd wat te schrijven maar ik ben te moe.

Maandag 20 juli

Hendrik heeft een zware longontsteking.

Ik (Leonie) neem tijdelijk het dagboek over.

Er werd even gevreesd voor corona, maar de test was negatief. Gelukkig maar, want anders had hij geen visite mogen ontvangen. Nu kan ik elke morgen en middag op bezoek. Frida komt ook trouw elke dag langs met Juffrouw Jansen.

Hoewel hij nauwelijks op bezoek reageert, lijkt het hem toch goed te doen.

De eerste paar dagen ijlde hij verschrikkelijk. Hij zag overal dieren en mensen.

'Pas op, niet op de honden trappen, ze kunnen bijten!' heeft hij wel tien keer geroepen.

'Dat mens moet de keuken uit, nu!'

'Een slang, er zit een slang onder de dekens!'

Minutenlang praatte hij tegen denkbeeldige mensen. Grotendeels onverstaanbaar met hier en daar een herkenbaar woord. Ik hoorde de namen langskomen van zijn dochter Aafke, van zijn vrouw Rosa en van Evert.

'Pas op!' schreeuwde hij schor terwijl hij overeind schoot in zijn bed. 'Niet bij het water, niet bij het water!'

De dokter komt elke dag langs.

Hendrik heeft een delier, volgens hem. Dementerende ouderen zijn daar extra gevoelig voor. Een delier zorgt voor geheugenverlies, angstaanvallen en desoriëntatie.

Over het verloop van zijn ziekte durfde de dokter geen uitspraken te doen.

'Meneer heeft duidelijk aangegeven dat hij niet naar de intensive care wil en niet gereanimeerd wil worden, dus hij zal er grotendeels op eigen kracht uit moeten komen. Het lijkt er wel op dat de antibiotica begint aan te slaan. De koorts is iets gezakt. U bent zijn vrouw?'

Ik antwoordde dat ik zijn vriendin was. Of had ik 'een' vriendin moeten zeggen?

De zusters zijn geweldig. Zo liefdevol en attent. Ze geven hem drinken door een rietje. Deppen zijn bezwete voorhoofd en verschonen elke dag zijn bed. Dan tillen ze hem even op een stoel naast het bed. Een magere oude man in zijn pyjama, die het warm en koud tegelijk heeft, en onsamenhangend mompelt. God, wat heb ik een medelijden met Hendrik.

Juffrouw Jansen is zo vertederend. Als Frida met hem op visite is, snuffelt hij eerst heel voorzichtig aan Hendrik en gaat daarna aan zijn voeteneinde liggen. Daar verroert hij zich nauwelijks.

Bij het vertrek moet Frida hem voorzichtig aan zijn riem naar de deur trekken. Zacht piepend gaat Juffrouw Jansen de kamer uit.

Frida reageert heel volwassen en bescheiden. Het komt goed uit dat we net hadden besloten dat de hond ten minste voor een deel van de week bij haar zou gaan wonen.

Ik ben blij dat we niet voor de moeilijke beslissing hebben gestaan om Hendrik niet naar de intensive care te laten gaan als er een medische noodzaak was geweest. Dat zou me in ernstige gewetensnood hebben gebracht.

De dokter had me wel toevertrouwd dat een postelastiek met 'intensive care mij niet' formeel niet rechtsgeldig was.

Dinsdag 21 juli

Hendrik heeft het in zijn hallucinaties ontzettend druk. Hij heeft al met Evert zitten schaken, gewandeld met zijn dochtertje, geknuffeld met zijn vrouw én, meteen daarna, met Eefje, en met de hond over het strand gelopen.

Frida, Jojo en ik moeten het doen met een vage blik van herkenning. Het zij zo, onze tijd komt wel weer.

Woensdag 22 juli

Het gaat de goede kant op met Hendrik. De koorts is gezakt en er is weer een beetje contact tussen Hendrik en de buitenwereld. Hij drinkt en eet goed en slaapt veel. Hij groet het bezoek vriendelijk maar hij haalt wel alle namen door elkaar. Ik ben al Eefje, Rosa en Berend genoemd. Niemand weet wie Berend is.

Frida noemt hij meestal Aafke en meneer Jojo noemt hij Evert of Pinda. Jojo vindt alles best en is blij met ieder verstaanbaar woord.

Alleen Juffrouw Jansen noemt hij steeds bij de juiste naam. Het is ontroerend om ze samen te zien. De hond ligt stil aan zijn voeten en Hendrik buigt zich af en toe voorover en aait hem over zijn kop.

Ik heb geprobeerd met hem te overleggen over zijn dagboek, maar daarvoor is hij nog te verward.

'Doe maar,' zei hij weliswaar, maar dat antwoordt hij op bijna iedere vraag.

Het heeft er even om gespannen of Hendrik naar de verpleegafdeling moest, maar de geweldige zuster Schuttevaar heeft dat net zolang uitgesteld tot het niet meer nodig was.

'We kijken het nog een dagje aan,' zei ze steeds als de dokter haar vroeg of het niet verstandiger was meneer Groen te laten opnemen. 'We proberen de mensen zo lang mogelijk in hun eigen vertrouwde omgeving te laten blijven, dat bevordert ook het herstel,' overtuigde ze de dokter.

Ze prees daarnaast keer op keer het uitstekende kwartet ‘hulpverplegers’. Dat waren Frida, Jojo, Juf en ik. Ik was er stiekem wel trots op.

Zaterdag 25 juli

Het gaat elke dag iets beter. Vooral fysiek. Hij heeft weer wat kleur op zijn wangen en heeft al twee keer een kwartiertje in zijn stoel voor het raam gezeten.

Hij is nog wel erg in de war.

Dinsdag 28 juli

Ik ben er weer! Ik kan alweer zelfstandig naar de wc, dus moet een stukje schrijven ook lukken. Het gaat heel goed eigenlijk voor iemand die net een longontsteking heeft gehad.

Ik heb bijna twee weken in bed gelegen, zei Leonie. Ik kan me alleen van de laatste twee dagen iets herinneren.

Ze zullen zoiets toch niet uit hun duim zuigen?

Ik heb gezegd dat ze Juffrouw Jansen zo snel mogelijk terug moeten brengen, want ik moet met hem naar het strand. De dokter kwam op visite om te zeggen dat ik nog een paar dagen rust moest houden en niet naar buiten mocht.

‘Maar toch wel om even met de hond te wandelen?’ zei ik.

‘Ook niet om even met de hond te wandelen,’ gebood hij.

Dat leek me echt onzin. Ik dacht, ik ga even oefenen en een rondje om het gebouw lopen. Ik redde het net tot het einde van de gang; toen moest ik daar op de plantenbak gaan zitten om niet om te vallen. Gelukkig kwam ik niemand tegen. Na een paar minuten rust durfde ik de terugtocht wel weer aan. Ik heb nét mijn kamer gehaald.

Wat ben je toch een eigenwijze vent geworden, Hendrik Groen.

Woensdag 29 juli

Frida is langs geweest met Juffrouw Jansen. Ze zaten samen naast mijn bed toen ik wakker werd. Ik dacht dat het midden in de nacht was, want de gordijnen waren dicht.

Frida was heel lief en legde uit dat het voor mij beter was als ik me even geen zorgen hoefde te maken om de hond. Misschien heeft ze gelijk.

Ze had bloemen voor me geplukt in de berm. En ook een paar uit een tuin, verklapte ze. Die zouden die mensen heus niet missen. Het was trouwens voor een goed doel, vond ze. Dat goede doel was ik.

Morgen komen ze weer. Het is heel belangrijk voor me om iets te hebben om naar uit te zien.

Ik word doodmoe van dat schrijven, maar ik moet ermee doorgaan.

Donderdag 30 juli

Mijn hoofd is een doolhof vandaag.

Vrijdag 31 juli

Ik heb de computer in de vuilnisbak moeten gooien, want hij deed het niet meer. Hij gaf steeds de verkeerde letters en woorden of er verdwenen zomaar hele stukken tekst.

Leonie was nogal verbaasd toen ik haar vertelde dat ik de computer had weggegooid en voortaan weer met mijn vulpen schrijf. Ogen als schoteltjes: 'Heb je de computer weggegooid? Een paar dagen geleden deed hij het nog.'

Ik legde uit dat ik erg gehecht ben aan mijn vulpen. Dat ik daar mooiere zinnen uit krijg dan uit een machine. En dat een vulpen ook veel gehoorzamer is en niet van alles zelf doet.

Dat begreep ze wel, maar, zo zei ze: 'Het maakt mijn nakijkwerk wel wat ingewikkelder. Vind je het goed als ik de computer weer uit de vuilnisbak haal en hem bij mij neerzet? Dan schrijf jij gewoon met je vulpen en haal ik de foutjes eruit op de computer.'

Nou, ideaal vind ik het niet, want een sierlijk met inkt geschreven verslag ziet er toch mooier uit dan drukwerk, maar vooruit, ik moet natuurlijk ook rekening houden met anderen.

Ik kijk nu bijvoorbeeld met veel genoegen naar mijn vers geschreven letters.

Zaterdag 1 augustus

Leonie was op visite. Ze was stil voor haar doen.

'Is er iets?'

Een aarzeling.

'Zeg het maar.'

'Ik heb echt enorm mijn best gedaan, Hendrik, maar ik kan het niet lezen.'

'Wat kun je niet lezen?'

'Jouw handschrift. Zullen we samen even kijken naar het stukje van gisteren?'

Ik vond het eerst maar onzin, maar toen ze het velletje papier tevoorschijn haalde dat ik gisteren had volgeschreven, was ik even van de kaart. Ik begreep er zelf bijna niets van. Gisteren was het nog goed leesbaar en nu kon ik veel woorden niet eens meer ontcijferen. Maar ik had ook niet mijn goede bril bij de hand. Anders had ik het waarschijnlijk wel kunnen lezen.

Leonie kwam met een nieuw plan. Als ik iets in mijn dagboek wil schrijven, moet ik haar even halen en haar vertellen wat ik op mijn hart heb. Daar maakt zij dan meteen op de computer leesbare zinnen van.

Zo blijf ik toch zo veel mogelijk mijn hersens gebruiken. Als je die niet traint komt er geen fatsoenlijke gedachte meer uit je hoofd.

Dit stukje is het eerste dat zo tot stand is gekomen.

Ik moet nodig naar de brillenwinkel, want het lezen gaat moeilijk. Ik kan beter maar televisiekijken. Maar daar val ik weer vaak bij in slaap.

Het is allemaal erg ingewikkeld. Mijn vrouw moet me ook beter helpen.

Zondag 2 augustus

Ik was weer genoeg aangesterkt om beneden koffie en thee te drinken. De aardige zuster hielp me om heelhuids beneden te komen, want de oude benen zijn wankel. Ik moet zeggen dat ik door de meeste medebewoners enthousiast werd onthaald. Enthousiast op een bejaarde manier natuurlijk. Een enkeling hield angstvallig afstand. Die zijn bang dat ik een als longontsteking vermomde coronabesmetting onder de leden heb. Of die denken dat een longontsteking besmettelijk is. Het betreft bewoners met wie ik toch al geen dikke vrienden was, dus indien nodig hoest ik wat om me heen als ze te dichtbij komen.

Ik had mijn krachten overschat. Na een kopje koffie en een kwartiertje puzzelen was ik doodmoe en ben ik weer op bed gaan liggen.

Maandag 3 augustus

Ik wil graag Edward een tegenbezoek brengen, maar Leonie vindt het beter als ik nog even op krachten kom.

Onzin, want het gaat elke dag beter en Utrecht is toch niet het einde van de wereld.

Of ergens in de buurt van Utrecht, dacht ik.

Dinsdag 4 augustus

De kinderen luisteren tegenwoordig veel slechter dan vroeger. Ik zal echt strenger moeten zijn. Ze praten door elkaar, zelfs als ik heb gezegd dat ze stil moeten zijn en hun vinger op moeten steken als ze wat willen zeggen.

Maar ze zijn te oud om ze in de hoek te zetten, vond Jojo. Dus ik heb het maar losgelaten.

'*Nicht ärgern, nur wundern*', Hendrik.

We zijn met een mooie nieuwe puzzel bezig, Jojo en ik. Een Duits dorp met vakwerkhuizen. Mensen hebben de neiging om ongevraagd mee te puzzelen. Dat heb ik liever niet, want dan moet ik alsnog elk stukje gaan controleren en dat is dubbel werk.

Als ik vraag of ze ermee willen stoppen zijn ze vaak beledigd. Het valt niet mee allemaal.

Donderdag 6 augustus

'Opa, wat ben je eigenwijs.' Het was geen grapje, geloof ik, toen Frida dat zei.

Ik wilde zo graag weer eens op het strand wandelen met Frida en de hond. Leonie was niet mee, die ging naar de kapper.

Halverwege was ik gevallen, ondanks mijn speciale stok voor op het strand. Gelukkig ben ik nog soepel en breek ik niet zo snel iets.

Er kwam een meneer naar ons toe om me overeind te helpen, maar dat was niet nodig. Ik kon heus wel zelf opstaan. Toen zei Frida dat ik eigenwijs was en heb ik me maar laten helpen, want ze was toch al zo geschrokken.

'Je bent nu al drie keer gevallen, opa. Ik durf niet meer met je te gaan wandelen.'

Dat van die drie keer kan ik me niet herinneren. Ik denk dat ze dat zegt voor mijn bestwil. Maar met mij is niks mis.

Zaterdag 8 augustus

Met de scootmobiel op het strand was niet zo'n succes. Maar ik moest wel, want Frida en Leonie wilden anders niet meer met me wandelen op het strand.

'We krijgen je ten eerste niet overeind als je valt, en ten tweede zijn we doodsbang dat je iets breekt, Hendrik,' had Leonie wel drie keer gezegd. Ik vond het erg overdreven maar wilde ook geen ruzie, dus toen ben ik met de scootmobiel gegaan.

Soms is het zand hard en soms is het opeens rul.

Ik zei nog dat ik beter had kunnen gaan lopen, want toen ik wilde keren om terug te gaan, kwam ik vast te zitten. Iedereen ging zich ermee bemoeien. Er stonden wel vijf mensen te trekken en te duwen aan mijn wagentje. En er stonden nog wel tien anderen hoofdschuddend te kijken. Frida en Leonie waren een beetje boos op me. Gelukkig was er ook nog iemand die het allemaal heel leuk vond: Juffrouw Jansen.

Dinsdag 11 augustus

Lieve Hendrik,

Ik kwam gisteren jouw kamer binnen. Je zat aan je bureautje en had me, dacht ik, niet gehoord.

Je hand met daarin de vulpen hing secondelang boven het papier, werd neergelegd en weer geheven. Er kwamen een paar krabbels. Nauwelijks letters. Je staarde voor je uit.

Toen legde je je pen neer en draaide je om.

'Ik kan het niet meer, Leonie. Maak jij het maar af, jij weet beter dan ik wie ik ben en wat ik wil dan ikzelf.'

Je veegde een traan weg en lachte naar me.

Ik heb nog een laatste keer geprobeerd je ervan te overtuigen dat je moet blijven schrijven, maar ik deed het tegen beter weten in. Schrijven is van een plezier langzaam een kwelling voor je geworden. Een confrontatie met je onmacht.

'Nee, Leonie, het is mooi geweest.'

Ik zal, zoals we een paar maanden geleden hebben afgesproken, jouw dagboek afmaken. In jouw geest en in jouw woorden. Ik weet nog niet wat een mooi moment is om het laatste woord op papier te zetten. We zien wel.

Woensdag 12 augustus (door Leonie)

Enorme ophef!

Na berichtgeving in de media over de rol van ventilatie bij de verspreiding van virussen, weten sommige bewoners het zeker: 'Ons ventilatiesysteem pompt het c-virus in de rondte, net zo lang tot we allemaal dood zijn.'

Mevrouw Scholten en mevrouw Brioche, respectievelijk de zuurste en de gekste bewoner, hebben een actiegroep opgericht: STOP DE VENTILATIE NU!!!.

Meneer Blekemolen, de directeur, zag zich genoodzaakt een voorlichtingsbijeenkomst te houden in de eetzaal om ons hoogstpersoonlijk uit te komen leggen dat wij een heel goed ventilatiesysteem hebben dat lucht vanbuiten aanzuigt en koelt en niet lucht vanbinnen koelt en daarna weer binnen laat circuleren.

Meneer Blekemolen dacht dat de beste manier om doodsbange bejaarden gerust te stellen was ze te behandelen als een kleuterklas. Maar de inhoud was stellig. Meneer Jojo vatte het aldus samen: tenzij er buiten een paar coronapatiënten uitgebreid in de luchtinvoer gaan staan hoesten, is onze ventilatie veilig.

De actiegroep liet zich echter niet zo makkelijk overtuigen.

Ze vroeg om het inschakelen van een 'technisch bureau'. Dat klinkt altijd vertrouwenwekkend. Met zichtbare tegenzin zei Blekemolen dat hij deskundig advies zou inwinnen.

Of intussen de ventilatie uit mocht?

De directeur zegde zuchtend toe het systeem uit te laten zetten.

Nu staan bijna overal de ramen open en wordt er geklaagd over tientallen plantjes die van de vensterbank zijn gewaaid. Ook worden er al dagenlang grote dozen het tehuis binnengedragen: ventilatoren in alle soorten en maten.

Mevrouw Schulz, van nature toch erg kouwelijk, heeft er drie op haar kamer staan, allemaal op stand 3. Vanwege de windkracht 6 doet ze dan weer een vestje aan.

'U kunt ze toch ook wat lager zetten,' opperde Jojo.

Daar had ze nog niet aan gedacht.

Brioche en Scholten eisten namens STOP DE VENTILATIE NU!!! dat het tehuis gratis ventilatoren ter beschikking zou stellen. De directeur, als de dood voor negatieve publiciteit, heeft er meteen tachtig besteld.

Donderdag 13 augustus

De combinatie ventilatie uit en een extra lange hittegolf begint slachtoffers te eisen. Er zijn deze week drie bewoners overleden, meer dan in de hele coronatijd tot nu toe. Natuurlijk wordt er geroepen dat de warmte de doodsoorzaak is maar misschien speelt ook een rol dat de overledenen alle drie over de negentig waren.

Er is een tweede actiecomité opgericht: AIRCO WEER AAN.

De directeur zit tussen twee vuren.

'In afwachting van de bevindingen van het ingeschakelde technisch bureau acht het bestuur het, in het kader van een maximale inspanning ten behoeve van de veiligheid en gezondheid van de bewoners, vooralsnog niet opportuun te kiezen voor een andere aanpak dan de werkwijze waarvoor, met de kennis van nu en in overleg met de bewoners, gekozen is.' Aldus een brief van de heer Blekemolen op het mededelingenbord.

Hendrik bleef minutenlang naar het bericht staren maar snapte totaal niet wat er stond.

Meneer Jojo vertaalde het voor hem: de airco blijft voorlopig uit.

'Is goed hoor,' zei Hendrik vriendelijk.

Dat is het antwoord dat hij geeft op bijna alle vragen en mededelingen: 'Is goed hoor.'

Vrijdag 14 augustus

Iedereen zit te puffen en te zweten. Het raam openzetten helpt niet of nauwelijks.

Hendrik kan er niet meer tegen.

'Het is nu al een jaar 35 graden. Ik word er zo moe van.'

Hij is het besef van tijd kwijt.

'Over een paar dagen wordt het eindelijk wat koeler,' probeerde ik hem te troosten.

'Is goed hoor,' antwoordde hij, maar hij begreep niet meer wanneer dat was, 'over een paar dagen'.

Frida had in de krant gelezen dat oude mensen vaak te weinig drinken en heeft een drinkplan voor opa Hendrik opgesteld. Ze komt elke morgen langs met de hond en zet dan vijf bekers limonade klaar op het dressoir. Daar legt ze vijf briefjes bij met daarop de tijden dat Hendrik de bekers leeg moet drinken: 9 uur, 12 uur, 3 uur, 6 uur en 9 uur. Soms komt ze controleren of Hendrik wel heeft gedronken. Dat is vaak nodig.

Heel geduldig en toegewijd laat ze hem dan de vergeten bekers leegdrinken.

'Kleine slokjes, opa, anders krijg je pijn in je buik.'

Hendrik knikt vriendelijk en drinkt braaf.

Jojo en ikzelf helpen met het drinkplan.

'Bij warm weer moeten bejaarden altijd goed nat worden gehouden, vanbinnen en vanbuiten,' was een lijfspreuk van Evert.

Voor de buitenkant vegen we regelmatig Hendriks gezicht en armen af met een vochtige, koele handdoek. Daarna doen we onszelf. En drinken een glas. Wij zijn zelf ook onderdeel van de reddingsactie.

Zaterdag 15 augustus

Dit is wat ik van het verhaal van Hendrik van vanmiddag heb kunnen maken. Hij zat erbij te stralen toen hij het vertelde.

'Ik zat met Evert te schaken en we hadden vlak voor ons elk onze eigen ventilator op onze gezichten gezet, op de maximale stand. Onze haren en zelfs onze wangen wapperden in de wind.

De schaakstukken woeien door de kamer en zelfs de wijn waaide uit ons glas.

Eefje zat schaterlachend naar ons te kijken en schonk steeds nieuwe wijn in. Zo'n enige middag was het.'

Zaterdag 22 augustus

Het gaat hard achteruit met mijn lieve vriend.

Het plan om dagelijks samen te schrijven in zijn dagboek hebben we op moeten geven. Zijn woorden zijn te onsamenhangend geworden. Hij is zijn grip op de wereld om hem heen kwijt, op een paar spaarzame heldere ogenblikken na.

De longontsteking en de hittegolf hebben het proces enorm versneld.

Gelukkig is het een stuk koeler nu.

Hendrik verdwaalt vaak als hij alleen op weg gaat naar de recreatiezaal, en dat is meerdere keren per dag.

De portier heeft opdracht gekregen hem tegen te houden als hij naar buiten wil.

'Er wordt op u gewacht in de klas, meneer Groen.'

Dan zegt Hendrik: 'Dank u, meneer', en draait hij glimlachend om.

De portier schiet dan een zuster aan die Hendrik in de recreatiezaal aan een tafeltje zet. Na hooguit een kwartiertje staat hij weer op. 'De bel is gegaan. Tot ziens allemaal.'

Ik zoek 's avonds zijn kleren uit en hang ze over de stoel. De zuster helpt hem iedere ochtend met wassen en scheren en weet meestal te voorkomen dat hij een heel flesje eau de cologne over zich heen sprenkelt.

Hij keek vanmorgen in de spiegel en zei: 'De jongedames zullen mij alleszins graag in hun balboekje willen hebben.'
Hendrik spreekt soms nog mooie hendrikiaanse zinnen.

Frida komt trouw langs met de hond. Hendrik aait ze allebei en geeft ze allebei koekjes.

'Zelfs al ben je gek, je bent toch nog lief, opa,' hoorde ik haar zeggen en daar moest ik opeens van huilen. Frida sloeg een arm om me heen.

'Weet u, tante, ik denk dat zolang opa niet huilt, wij ook niet hoeven te huilen.'

'Goed zo, Aafke,' zei Hendrik, 'troost jij je moeder maar. Lachen moeten we. Ha, ha, ha.'

Dinsdag 25 augustus

Mevrouw Schuttevaar heeft een vrijgekomen kamer op de verpleegafdeling gereserveerd voor Hendrik. Zij is er gisteren, arm in arm, met hem naartoe gewandeld.

'Kijk, meneer Groen, lijkt dit u niet een mooie kamer?'

Hendrik knikte goedkeurend. 'Is goed hoor.'

Hij keek vervolgens tevreden om zich heen. 'En ook lekker dicht bij de klas.'

Woensdag 2 september

Hendrik is gisteren verhuisd naar de verpleegafdeling.

Ik voel me alleen.

Donderdag 3 september

Hendrik zat aan een tafel alleen en tegenover hem, aan een tweede tafel, zaten drie medebewoners. Voor hem lagen zijn schoolkrijtjes en de bordenwisser. Achter hem op een stoel stond het kleine schoolbordje. Daarop stond de tafel van zes.

'Hoeveel is vier keer zes?' vroeg hij aan zijn leerlingen. Die staarden naar buiten.

'Vierentwintig, Hendrik,' zei ik in de deuropening.

Hij draaide zich om.

'Heel goed, Wieteke. Maar het is "meester", niet "Hendrik".'

'Vierentwintig, meester.'

Ik mocht als beloning een sticker uitzoeken.

Toen Hendrik even later het speelkwartier aankondigde, ben ik weer naar huis gegaan.

Vrijdag 4 september

Een zuster draaide plaatjes op een oude pick-up.

Trea Dobbs, het Cocktail Trio, de Blue Diamonds en, heel hip, de Moody Blues.

Een enkeling keek wezenloos voor zich uit, maar de meeste bewoners zongen mee of wiegden mee op de maat van de muziek.

'Lieve luisteraars,' zei de dj, 'helaas alweer het laatste plaatje voor vandaag, maar morgen zijn we er weer. Hier is Anneke Grönloh met "Brandend zand".'

Brandend zand en een verloren land
En een leven vol gevaar

Brandend zand berooft je bijna van 't verstand
En dat alles kwam door haar.

Er werd enthousiast meegezongen en geklapt.

Hendrik, in zijn zondagse kleren en met gepoetste schoenen, stond op van zijn stoel en zwaaide glimlachend de maat.

Hij knikte tevreden.

Zaterdag 5 september

Het is vandaag de verjaardag van Hendrik, hij wordt eenennegentig jaar.

Dit is de laatste dag dat ik in zijn dagboek schrijf. Hendrik Groen is er lichamelijk nog wel, maar zijn geest zit opgesloten in zijn eigen hoofd of anders wel in het verleden.

Gelukkig is hij geworden wat hij wilde worden: een keurige en opgewekte demente heer.

Ik heb een mooie witte hoed voor hem gekocht en een nieuwe kinderpuzzel. Die ga ik vanmiddag brengen.

'Dag Hendrik,' zei ik.

Hij keek me vriendelijk aan en zei: 'Dag Kitty. Fijn dat je weer beter bent.'

'Weet je wat het vandaag voor dag is, Hendrik?'

'Het is maandag. We gaan rekenen en topografie doen. Ga maar zitten.'

'Het is je verjaardag. Je wordt vandaag eenennegentig jaar. En ik heb twee cadeautjes voor je meegebracht.'

Hij keek me lang en onderzoekend aan. Er leek iets van herkenning in zijn ogen te glanzen. Toen pakte hij mijn hand. 'Leuk dat je er bent, Mieke.'

Hij wees op de twee pakjes voor hem. 'Zijn die voor mij?'

Ik knikte.

Hij pakte langzaam zijn cadeautjes uit. De papiertjes streek hij recht en vouwde hij zorgvuldig weer op.

'Mooi.'

Daarna ging hij verder met de puzzel van de twee beertjes die meer dan zestig jaar geleden van zijn dochtertje was geweest. Hij drukte de laatste twee stukjes hard op hun plaats. Ze zaten verkeerd.

Hij knikte me vriendelijk toe. 'Dag Kitty. Fijn dat je weer beter bent.'

Ik vroeg hem of hij de hoed niet even wilde passen.

'De hoed, ja.' Hij keek ernaar.

Ik pakte de hoed en zette hem voorzichtig op zijn hoofd.

De zuster van dienst knikte goedkeurend. 'Hij staat u heel goed, meneer Groen. Wat bent u toch een mooie man. Het is dat u al getrouwd bent maar anders...'

Hendrik keek haar schalks aan. 'Inderdaad jammer dat ik al getrouwd ben.'

Ik liet hem opstaan uit zijn stoel en gaf hem een arm. Samen liepen we naar de spiegel boven het dressoir. Hij bekeek zichzelf en knikte een paar keer.

'Dag meneer,' zei hij tegen zichzelf.

Toen keek hij zoekend om zich heen.

'Kom maar, schat,' zei hij in het niets.

Hij spreidde zijn armen licht, maakte een kleine buiging en nam een denkbeeldige partner in zijn armen. Hij glimlachte naar haar. Toen danste hij langzaam en statig door de kamer.

Daar gingen ze, om de tafels en de stoelen heen. Langs de

zuster met haar karretje. ‘Goed zo, Aafke. Een-twee-drie, een-twee-drie.’ Soms keek hij even gelukzalig in het rond.

‘De volgende dans is met jou, Eefje,’ zei hij tegen mij, en verder zwierde hij weer. Hij knikte naar een meneer. ‘Had je niet gedacht hè, Evert, dat je vriend zo mooi kon dansen. Dansles hè. Een-twee-drie, een-twee-drie.’

Ik moest huilen.

Dag Hendrik Groen.

Dagboekfragment Hendrik Groen

Pogingen iets van het leven te maken

Hendrik Groen mag dan oud zijn, hij is nog lang niet dood en niet van plan zich eronder te laten krijgen. Toegegeven: zijn dagelijkse wandelingen worden steeds korter omdat de benen niet meer willen en hij moet regelmatig naar de huisarts. Technisch gesproken is hij bejaard. Maar waarom zou het leven dan alleen nog maar moeten bestaan uit koffiedrinken achter de geraniums en wachten op het einde?

In korte, ogenschijnlijk luchtige, maar vooral openhartige dagboekfragmenten laat Hendrik Groen je een jaar lang meeleven met alle ups en downs van het leven in een verzorgingshuis in Amsterdam-Noord. Op de laatste dag van het jaar zal het nog moeilijk zijn om afscheid nemen van dit charmante personage...

Dinsdag 1 januari 2013

Ik hou ook het komend jaar niet van bejaarden. Dat geschuifel achter die rollators, dat misplaatste ongeduld, dat eeuwige klagen, die koekjes bij de thee, dat zuchten en steunen.

Ik ben zelf 83 ¼ jaar.

Woensdag 2 januari

Er was royaal poedersuiker gemorst. Om de tafel beter af te kunnen nemen met een vaatdoekje zette mevrouw Smit de schaal met appelflappen even op een stoel.

Mevrouw Voorthuizen kwam aanlopen en ging met haar enorme reet midden in de schaal met flappen zitten zonder het zelfs maar te merken.

Pas toen mevrouw Smit de schaal ging zoeken om hem terug te zetten kwam iemand op het idee onder mevrouw Voorthuizen te kijken. Toen die opstond plakten er drie appelflappen aan haar bloemetjesjurk.

'Ze passen mooi bij het motiefje,' zei Evert. Ik stikte haast van het lachen.

Dit prachtige begin van het nieuwe jaar had moeten leiden tot algemene hilariteit maar gaf, in plaats daarvan, aanleiding tot drie kwartier gezemel over de schuldvraag. Ik werd van verschillende kanten boos aangekeken vanwege het feit dat ik het blijkbaar grappig had gevonden. En ik, ik mompelde excuses.

In plaats van nog harder te lachen, mompelde ik excuses.

Ik, Hendrikus Gerardus Groen, ben namelijk altijd correct, innemend, vriendelijk, beleefd en behulpzaam. Niet omdat ik dat ook allemaal ben maar omdat ik niets anders durf te zijn. Zelden zeg ik wat ik zeggen wil. Altijd kies ik voor de veilige weg. Mijn specialiteit: het sparen van kool én geit. Mijn ouders hadden een vooruitziende blik toen ze mij Hendrik noemden: veel braver zul je ze niet snel tegenkomen. 'Kent gij Hendrik niet, die altijd zoo beleefd zijnen hoed afneemt als hij voorbij gaat?' Dat ben ik.

Ik word nog depressief van mezelf, dacht ik. Toen heb ik het besluit genomen om ook iets van de ware Hendrik Groen te laten horen: precies één jaar lang zal ik mijn ongecensureerde kijk geven op het leven in een bejaardenhuis in Amsterdam-Noord.

Als ik voor het eind van het jaar doodga is dat overmacht. In dat geval zal ik mijn vriend Evert Duiker vragen om op mijn begrafenis een kleine bloemlezing te houden uit mijn dagboek. Als ik opgebaard lig in de kleine zaal van crematorium 'De Einder', netjes gewassen en gestreken, zal de ongemakkelijke stilte doorbroken worden door de raspende stem van Evert die enkele aardige passages zal voorlezen aan het onthutste publiek.

Over één ding maak ik mij zorgen: stel dat Evert eerder doodgaat dan ik?

Dat zou niet netjes zijn van hem, vooral omdat ik nóg meer ziektes en gezwellen heb dan hij. Op je beste vriend moet je kunnen rekenen. Ik zal het er met hem over hebben.

Donderdag 3 januari

Evert was enthousiast maar wilde niet garanderen dat hij langer zou leven dan ik. Hij had ook een paar bedenkingen. De eerste was dat hij na de voordracht uit mijn dagboek waarschijnlijk uit moest zien naar een andere aanleunwoning. De tweede zorg was de staat van zijn kunstgebit. Dat laatste had te maken met een onzorgvuldige biljartstoot van Vermeteren. Sinds hij staar heeft aan zijn rechteroog moet Vermeteren geholpen worden bij het mikken. Evert, nooit de beroerdste, had achter hem gestaan om aanwijzingen te geven, neus op keuhoogte. 'Iets naar links en een beetje diep raken en...' en voor hij klaar was had Vermeteren met de achterkant van zijn keu het gebit van Evert doormidden geramd. Carambole!

Evert loopt erbij of hij aan het wisselen is. Hij is nauwelijks te verstaan omdat hij zo slist. Dat gebit moet gerepareerd worden voor hij kan voorlezen aan mijn baar. Maar, het zal nondedju niet, de kunstgebittenreparateur heeft een burn-out. Twee ton per jaar, een pracht van een assistente, drie keer per jaar naar Hawaï en toch overspannen; hoe is het mogelijk. Misschien somber geworden van al die valse oude tanden waar de etensresten soms zo lang tussen zaten dat er maden aangetroffen zijn. Bij wijze van spreken.

De oliebollen die ze beneden in de conversatieruimte serveren, hebben ze dit jaar uit de kringloopwinkel gehaald. Gistermorgen nam ik uit beleefdheid een bol, en daar heb ik twintig minuten over gedaan, met daarbij de aantekening dat ik ook nog een losse veter heb moeten voorwenden om onder tafel het laatste stuk bol in mijn sok te kunnen stoppen.

Vandaar dat er nog schalenvol stonden. Normaal is alles wat hier gratis is binnen een mum van tijd op.

In de conversatieruimte wordt gewoonlijk om 10.30 uur koffie geserveerd. Is de koffie er om twee minuten over half elf nog niet dan beginnen de eerste bewoners al heel overdreven op hun horloge te kijken. Alsof ze nog meer te doen hebben. Voor de thee, die om 15.15 uur geserveerd hoort te worden, geldt hetzelfde.

Een van de spannendste momenten van de dag: wat voor koekje wordt er vandaag geserveerd? Eergisteren én gisteren dus bij de koffie én bij de thee bejaarde oliebollen. Want 'we' gaan natuurlijk geen eten weggooien. Dan stikken we er nog liever in.

Vrijdag 4 januari

Ik heb gisteren een wandelingetje gemaakt naar de bloemenstal en daar bollen in een bakje gekocht. Heb ik over een week, als de hyacinten uitkomen, toch mooi de lente weer gehaald.

In de meeste kamers van dit tehuis staan in april de kerststukjes nog. Naast een stokoude sanseveria en een terminale primula. 'Zonde om weg te gooien.'

Áls de natuur al een opbeurende rol kan spelen in het leven van een mens, dan in ieder geval niet in de woon-slaapkamer van de Nederlandse bejaarde. Daar is de staat van de huiskamerplant meestal een getrouwe afspiegeling van de situatie waarin zijn verzorger zich bevindt: wachtend op een troosteloos einde. Omdat ze niks anders te doen hebben of erg vergeetachtig zijn geven de oudjes zo'n plant drie keer per dag water. Daar kan op den duur zelfs een sanseveria niet tegen.

Mevrouw Visser heeft me voor morgenmiddag uitgenodigd voor een kopje thee. Ik had moeten weigeren, al is het maar omdat ze stinkt, maar ik heb gezegd dat ik graag even bij haar langskom. Daar gaat mijn middag. God, wat ben ik toch een slappe zak. Er schoot me op het beslissende moment geen smoes te binnen dus dat wordt prietpraat en droge cake. Hoe ze erin slaagt om van de natste cake in korte tijd stoffig karton te maken is een raadsel. Per plakje heb je drie kopjes thee nodig. Ik ga morgen een daad stellen en het tweede plakje weigeren. Het begin van een nieuw leven.

Een nieuw leven op netjes gepoetste schoenen. Daar ben ik de halve ochtend mee bezig geweest. De schoenen zelf gingen redelijk snel. Ik was vooral veel tijd kwijt om de schoensmeer uit de mouwen van mijn overhemd te krijgen. Maar ze glimmen nu aardig. De schoenen. De mouwen heb ik uiteindelijk maar opgerold. Die kreeg ik niet meer schoon.

Daar zal commentaar op komen. 'Hoe krijgt u toch áltijd die mouwen zo vies, meneer Groen?'

Het leven bestaat hier uit nóóit of áltijd. Het eten is de ene dag 'nóóit op tijd en áltijd te heet' en de volgende dag 'áltijd te vroeg en nóóit eens warm'.

Ik heb mensen wel eens voorzichtig herinnerd aan nogal tegenstrijdige eerdere uitspraken, maar van logica is men hier niet gediend. 'U weet het zeker weer beter hè, meneer Groen?'

Dagboekfragment Hendrik Groen
Zolang er leven is

We leerden Hendrik Groen kennen door zijn dagboek *Pogingen iets van het leven te maken*. Samen met zijn vriend Evert en de andere leden van de Oud-maar-niet-dood-club probeert Hendrik zijn laatste levensjaren in een verzorgingshuis in Amsterdam-Noord zo aangenaam mogelijk te maken.

Van tijd tot tijd valt het Hendrik zwaar om de moed erin te houden. Gelukkig heeft hij de pen weer opgepakt. Met de hem zo kenmerkende charmante humor neemt hij de medebewoners, de directie, zijn vrienden en de ouderdom in het algemeen op de korrel, waarbij hij zichzelf zeker niet spaart.

Verkrijgbaar als
e-book
& papieren boek

Donderdag 1 januari 2015

Evert stak zijn rotjes vroeger bij voorkeur af in hondendrollen of, nog mooier, paardendrollen, maar die zag je niet zo vaak. Hij betreurt erg dat de bommetjes vroeger zo veel kleiner waren dan nu.

'Het is dat ik in mijn rolstoel een grote kans heb mezelf de lucht in te schieten, maar anders zou ik graag een paar strijkers aansteken in de hal.' Dat was zijn bijdrage aan de al dagen durende discussie over vuurwerk.

Ondanks een petitie van de bewoners had onze directrice, mevrouw Stelwagen, geen poging gedaan een vuurwerkvrije zone rond ons bejaardenhuis ingesteld te krijgen. Volgens een korte verklaring op het mededelingenbord vond zij dat op dit moment 'niet opportuun'. Daar zat wat in, vonden sommige bewoners, vooral mensen die niet wisten wat opportuun betekende. Anderen dachten dat Stelwagen liever geen blauwtje wilde lopen bij de gemeente.

Onze Oud-maar-niet-dood-club heeft oud & nieuw gevierd in de aanleunwoning van Evert, waar gebakken en gekookt mag worden, een activiteit die niet is toegestaan in de kamers van het bejaardenhuis. Met ex-topkoks Antoine en Ria in de gelederen mag je geen gelegenheid tot kokkerellen voorbij laten gaan.

Om kwart voor twaalf zijn we gezamenlijk afgereisd naar de kamer van Graeme, ons hoogst wonende clublid op de vijfde etage. Op zijn balkon hebben we het vuurwerk bewonderd en heeft Evert, namens ons allemaal, één illegale vuurpijl afgestoken, als gebaar van opstandigheid naar de directie. Hij was erg mooi.

We zijn benieuwd door wie we verraden worden.

Edward heeft spontaan aangeboden op het matje van de directrice te verschijnen, mocht het zo ver komen. Hij heeft toegezegd dan nog onverstaanbaarder te praten dan hij altijd al doet en schriftelijk verslag te doen op de volgende vergadering van Omanido.

Kortom: de stemming zat er goed in.

Om twee uur lag ik in bed. Het is een paar decennia geleden dat ik het zo laat heb gemaakt. Bravo Hendrik.

Vrijdag 2 januari

Er zat het afgelopen jaar een gat in elke dag. Heel het jaar 2013 schreef ik dagelijks trouw in mijn dagboek. Dat ene (of anderhalf) uur schrijven gaf mij een gevoel van nut en noodzaak. Misschien is het ontbreken van verplichtingen wel het belangrijkste kenmerk van het leven in een bejaardenhuis. Alles wordt voor je geregeld. Nadenken is niet nodig. Je kunt het leven als vla naar binnen lepelen, alle klontjes zijn eruit. Hap, slik, weg.

Er zijn genoeg bewoners die tevreden zijn met deze permanente all-inclusive vakantie, maar voor mij, en een aantal van mijn vrienden, draagt de ledigheid van het bestaan in het verzorgingshuis niet bij aan het dagelijks geluk.

Ik heb besloten om in 2015 opnieuw een dagboek bij te houden. Enerzijds om een dagelijkse verplichting te hebben en anderzijds omdat het mij dwingt alert te blijven, ogen en oren de kost te geven en de ontwikkelingen in ons zorgcentrum en de rest van de wereld te volgen. Ik zal de hersenen dagelijks aan het werk zetten en de gedachten netjes op een rij houden. Hersengymnastiek houdt de geest soepel. Het afgelopen jaar heb ik ook te vaak gedacht hoe jammer het was dat ik niets meer opschreef als er weer eens een bejaarde in een paar sloten tegelijk was gelopen, het personeel er een potje van maakte of de directrice al te hooghartig regeerde over haar onderdanen. Ik heb er weer zin in.

Zaterdag 3 januari

Een directeur van een verpleegtehuis heeft in de krant het goede voorbeeld gegeven met een eerlijk verhaal: 'De verwachtingen die wij als samenleving gecreëerd hebben over professionele ouderenzorg kunnen onder de huidige omstandigheden niet worden waargemaakt.'

Oftewel: het is niet te voorkomen dat er af en toe een luier niet meteen wordt verschoond, een gebit zoekraakt of iemand tijdelijk aan een bed vastgebonden moet worden. Jammer maar helaas. Als alle steen-en-beenklagers, alle sensatiebeluste journalisten en alle tweeëndertig controlerende instanties van verpleegtehuizen het anders willen, zullen ze de meerderheid van de Nederlanders ervan moeten overtuigen dat de zorgpremie flink omhoog moet. Succes!

Ik zal onze directrice het betreffende artikel persoonlijk overhandigen.

Ja, daar kijkt u van op, hè? Brave Hendrik is niet meer. We mogen nog niet spreken van dappere Hendrik maar ik heb mij een jaar geleden, bij de begrafenis van Eefje, voorgenomen die eeuwige voorzichtigheid te laten varen. Ik zeg steeds vaker waar het op staat en dat voelt meestal uitstekend. Van tevoren moet ik nog altijd even slikken, klopt mijn hart in mijn keel en aarzel ik een moment, maar vervolgens spring ik van de hoge duikplank in het diepe, om juichend weer boven water te komen. De steun van de andere leden van de Oud-maar-niet-dood-club is hierbij onontbeerlijk. Vooral

Evert, die én mijn beste vriend is én er totaal geen moeite mee heeft om te zeggen waar het op staat, is mijn steun en toeverlaat.

Er is ook dit jaar weer een horrorwinter voorspeld. Ondanks alle vorige foutieve voorspellingen van ijskoude wintermaanden wordt ook deze prognose weer zeer serieus genomen. Mijn medebewoners hebben volop gehamsterd. De kastjes puilen uit van koekjes, chocolaatjes, frisdrank en wc-papier. Dat laatste sinds we daar uit bezuinigingsoverwegingen zelf voor moeten zorgen. Er wordt sindsdien gemiddeld veel zuiniger geveegd, met alle consequenties van dien. Wat aan papier wordt uitgespaard, moet aan extra wasmiddel worden uitgegeven.

Zondag 4 januari

De directrice, mevrouw Stelwagen, kijkt er inmiddels niet meer van op als ik haar een krantenartikel geef of anderszins ongevraagd adviseer.

Stelwagen kent geen ander belang dan eigenbelang: een goede reputatie voor haarzelf. Die is gediend met rust in haar tent en met tevreden bewoners. Zij weet dat ik dat weet. Zij weet ook dat ik een kleine achterban heb die ze niet moet onderschatten, en dat doet ze dan ook niet.

De strijd tussen de directrice en Omanido is subtiel en voorzichtig, met nu eens een kleine overwinning voor de een en dan weer voor de ander. Niemand is gebaat bij openlijke oorlogvoering. Daarvoor zijn de belangen te groot.

'Dank u wel, meneer Groen. U hebt weer iets gevonden waar wij wellicht ons voordeel mee kunnen doen?'

'Inderdaad. Een interessant artikel over een collega van u. Over verwachtingen ten aanzien van zorg en de openheid daarover.'

'Openheid, daar ben ik een groot voorstander van, openheid waar mogelijk. En altijd in dienst van het algemeen belang.'

'Algemeen belang is een pet waar veel onder past, mevrouw Stelwagen.'

'Klopt helemaal, meneer Groen.'

Zo ongeveer is de toon van onze conversaties. Meestal moet ik daarna even bijkomen van de zenuwen, maar dat heb ik er wel voor over. Wat adrenaline op zijn tijd kan geen kwaad.

Lees meer van Hendrik Groen

Leven en laten leven

Arthur Ophof had zich het leven toch anders voorgesteld. In plaats van spectaculaire reizen te maken naar verre landen, staat hij vier keer in de week in de file van Purmerend naar Breukelen én in de file van Breukelen naar Purmerend. Groots en meeslepend kun je zijn uitgebluste, kinderloze huwelijk en zijn autovrije hofje voor de deur niet noemen. De vrijdagmiddagen met zijn drie vrienden zijn nog het enige hoogtepunt van de week. En hij wordt vijftig, dus de tijd begint te dringen.

Maar als zijn werkgever hem 'helaas' moet ontslaan en hij er een riante ontslagvergoeding uit weet te slepen, openen zich onverwachts mooie perspectieven op een geheel nieuw leven...

Lees meer van Hendrik Groen

Een kleine verrassing

Hendrik Groen en Evert Duiker, trouwe vrienden in voor- en tegenspoed, zijn de zeventig ruim gepasseerd en het leven is in kalm vaarwater terechtgekomen. Elke week bezoeken ze elkaar, spelen een potje schaak, drinken een borrel en eten een hapje. Onderwijl nemen ze het leven door.

Maar op zekere dag wordt de rust ruw verstoord als Evert bij Hendrik aankomt met als verrassing een onverwachte kleine gast. In een vlaag van verstandsverbijstering is hij aan de wandel gegaan met een éven onbeheerd achtergelaten kinderwagen met baby. Goeie grap, dacht Evert, maar Hendrik denkt daar anders over: die vindt het ongelooflijk stom.

Als babysitter doen de vrienden het heel aardig, terwijl ze zinnen op een manier om het kleintje zo snel mogelijk weer ongezien bij de ouders terug te brengen. Maar het blijkt nog helemaal niet zo eenvoudig om van het ongewilde pleegouderschap af te komen.

Verkrijgbaar als
e-book
& papieren boek